Antonio Fian

Schwimmunterricht

Dramolette VI

Literaturverlag Droschl

SCHWIMMUNTERRICHT

(Kärnten. Der Millstättersee an einem sonnigen Sommermorgen. Vereinzelt Wasservögel und frühe Badegäste. Ein gutes Stück vom Ufer entfernt im tiefen Wasser ein junger Vater und sein dreijähriger Sohn. Der Sohn trägt Schwimmflügel und strampelt, mit einer Hand sich am Oberarm des Vaters festhaltend, neben diesem her. Nach einiger Zeit schubst der Vater den Sohn von sich weg.)

VATER: Schwimm her!

(Der Sohn strampelt zu ihm, hält sich fest. Der Vater schubst ihn weg.)

VATER: Noch amol!

(Der Vorgang wiederholt sich mehrmals, dann jedoch, als eben der Sohn nach dem Vater greifen will, entzieht ihm dieser den Arm und schwimmt ein, zwei Meter weiter weg. Der Sohn strampelt zu ihm, aber wieder schwimmt der Vater davon, nie kann er ihn erreichen.)

SOHN *(nach Luft schnappend)*: Konn nimma!

VATER: Oba, geht schon! *(Schwimmt weg.)*

SOHN *(strampelt wilder)*: Konn nimma!

VATER: Sicher konnst! *(Schwimmt weg.)*

SOHN *(unter Tränen schreiend)*: Papa! Papa!

VATER: Hea auf zum Schreien, sunst kriagst a Floschn!

SOHN *(schreit panisch)*

VATER: Hea auf, hob i g'sogt!

SOHN *(schreit noch panischer)*

*(Floschn.
Ende des Schwimmunterrichts.
Vorhang.)*

BEGRÜSSUNG

(Ein Festsaal, schwarz tapeziert. Scharlachrote Fensterscheiben, durch die Sonnenlicht fällt. Zahlreiche Gäste.

Die Tür geht auf und Osama bin Ladens Tod tritt ein. Er bleibt stehen, verschafft sich Überblick und geht dann, gefolgt von seinem Adjudanten, gemessenen Schrittes durch die Reihen.

Der afghanische Präsident Karsai begrüßt bin Ladens Tod. Bin Ladens Tod dankt.

Der türkische Staatspräsident Abdullah Gül begrüßt bin Ladens Tod. Bin Ladens Tod dankt.

Die spanische Regierung begrüßt bin Ladens Tod. Bin Ladens Tod dankt.

Die Schweiz begrüßt bin Ladens Tod. Bin Ladens Tod dankt.

Israel begrüßt bin Ladens Tod. Bin Ladens Tod dankt.

Die Europäische Union begrüßt bin Ladens Tod. Bin Ladens Tod dankt.

Der UN-Sicherheitsrat begrüßt ausdrücklich bin Ladens Tod. Bin Ladens Tod dankt.

Der Kreml begrüßt bin Ladens Tod. Bin Ladens Tod dankt.

Guido Westerwelle begrüßt bin Ladens Tod. Bin Ladens Tod dankt.)

BIN LADENS TOD: Kann man das nicht abkürzen?

(Der Adjudant klatscht in die Hände.
Die Welt begrüßt bin Ladens Tod. Bin Ladens Tod dankt.

Vorhang)

Material: Deutschsprachige Presse vom 3. Mai 2011

FRIEDENSSTIFTUNG

(Grundschule in den Vereinigten Staaten. Unterricht im Gange. Die Schüler Mark und Bob sind miteinander in Streit geraten und auf einander losgegangen.)

LEHRERIN *(eilt zu ihnen)*: Auseinander, ihr beiden!

(Sie trennt die Kämpfenden.)

LEHRERIN: Was ist da los, warum streitet ihr?

MARK: Der Bob hat behauptet, sein Papa hat den Osama bin Laden erschossen! Aber das stimmt nicht! Das war mein Papa! Er hat es mir erzählt! Zweimal in die Stirn! Bap! Bap! Beim zweiten Mal ist der bin Laden schon zu Boden gegangen, hat er gesagt, und ist vor seinem Bett gelegen und hat sich so gekrümmt, da hat er noch einmal geschossen, bap!, dann war Ruh'!

BOB *(höhnisch)*: Dein Papa! Ein Angeber ist er, dein Papa! Der kann ja nicht einmal mit einem Gewehr umgehen! *(Mark tritt nach Bob.)* Das war mein Papa, der den bin Laden erschossen hat! Er ist hinein mit seinen Freunden in den Raum, wo er war, da war es ganz dunkel, aber mein Papa hat mit dem Nachtsichtgerät alles genau gesehen und hat ihn zweimal in die Stirn geschossen. So war das! Blut und Hirn sind nur so herausgespritzt, hat mein Papa gesagt.

MARK: Nie! Alles gelogen! Dein Papa wär' viel zu feig gewesen, dass er überhaupt hineingeht in einen dunklen Raum!

(Bob versucht, sich auf Mark zu stürzen, wird aber von der Lehrerin zurückgehalten.)

LEHRERIN: Schluss jetzt, ihr zwei! Das ist doch kein Grund zu streiten. *(Wendet sich an Bob. Sanft:)* Dein Papa ist sicher ein sehr mutiger Mann, Bob, da bin ich überzeugt, und *(wendet sich an Mark)* dein Papa, Mark, weiß sicher ganz genau, wie man mit einem Gewehr umgeht. Ich glaube, ihr habt beide recht. Eure Papas haben gemeinsam den Osama bin Laden erschossen, wie zwei richtig gute Freunde, glaubt ihr nicht auch? Hm? Einigen wir uns darauf?

BOB UND MARK *(nach längerem Zögern, nicken)*

LEHRERIN: Dann reicht euch jetzt die Hände und sagt, wir wollen auch beste Freunde sein, so wie unsere Papas.

BOB UND MARK *(reichen einander die Hände):* Wir wollen auch beste Freunde sein, so wie unsere Papas.

LEHRERIN: So, und jetzt geht wieder auf eure Plätze, damit wir weitermachen können.

(Bob und Mark kehren auf ihre Plätze zurück. Der Unterricht wird fortgesetzt. Nach einer längeren Pause:)

BOB *(flüsternd, zu Mark):* Den Gadaffi hat mein Papa auch erschossen, dass du's nur weißt!

MARK *(ebenfalls flüsternd):* Kann schon sein. Aber erst, wie er schon tot war, weil mein Papa ihn vorher erschossen hat.

(Vorhang)

Material: Ansgar Graw: »Navy Seals streiten: Wer erschoss Osama Bin Laden?« – *Die Welt*, 8. 11. 2014

GEFAHREN DER RADIKALISIERUNG

1. Akt

(1964. Pausenhof einer Volksschule. Zwei neunjährige Knaben miteinander im Gespräch.)

DER ERSTE: Sag einmal ganz schnell hintereinander »Teppich«.

DER ZWEITE: Teppichteppichteppichteppichteppichtepp –

DER ERSTE *(zeigt mit dem Finger auf ihn)*: Hahahaha! Geh in die Hilfsschule, wenn du so blöd bist!

DER ZWEITE *(tritt ihn in die Weichteile)*

(Vorhang)

2. Akt

(Fünfzig Jahre später. Pausenhof derselben Volksschule. Zwei neunjährige Knaben miteinander im Gespräch.)

DER ERSTE: Sag einmal ganz schnell hintereinander »Dschihad«.

DER ZWEITE: Dschihaddschihaddschihaddschihaddschi –

DER ERSTE *(zeigt mit dem Finger auf ihn)*: Hahahaha! Geh zum Doktor, wenn du einen Schnupfen hast!

DER ZWEITE *(köpft ihn)*

(Vorhang)

DIE ANTEILNEHMER

(Graz, Herrengasse. Eine Gruppe schwarz gekleideter Menschen, aufgestellt nach der Art eines Chors. Sie erzeugen durch Wacheln mit Kronen-Zeitungen ein Geräusch wie von Jammern und Wehklagen. Die jeweiligen Sprecher treten einen Schritt vor.)

ODO DÖSCHL, LEOPOLDSDORF: Ich möchte den Betroffenen meine aufrichtige Anteilnahme aussprechen und den zahllosen Verletzten eine baldige Besserung wünschen.

STEPHAN PESTITSCHEK, STRASSHOF: Ich schließe mich dem an und stelle fest: Einige Medien bauen dem mutmaßlichen Mörder eine goldene Brücke. Ohne genaue Untersuchung und trotz diesbezüglicher Anzeichen wird ein religiöser-rassistischer Hintergrund ausgeschlossen. Man will das Bild vom immer guten Zuwanderer mit allen Mitteln aufrechterhalten.

MAG. MARTIN BEHRENS, WIEN: Auch von mir aufrichtige Anteilnahme und baldige Besserung. Dem rassistisch motivierten Wahnsinnigen, der vor wenigen Tagen in Charleston neun Menschen ermordet und viele verletzt hat, droht ohne Wenn und Aber die Todesstrafe. Beim Grazer Amokläufer, der vorsätzlich mindestens drei Menschen getötet und über 30 teils schwerst verletzt hat, wird schon im Vorfeld verharmlost und relativiert. Da konstruiert man ein Korsett an mildernden Umständen von »geistiger Verwirrung« über »Gewaltpsychose« bis hin zu einer möglichen »Kriegstraumatisierung«, weil der Täter vermutlich als Kind während der Jugoslawienkriege aus Bosnien gekommen ist. Wer übrigens in seiner eigentlichen Heimat eine derartige Tat begeht, wird mit großer Wahrscheinlichkeit an Ort und Stelle gelyncht.

RENATE SOMMER, PER E-MAIL: Mein herzliches Beileid allen Betroffenen. Wenn dieser Teufel einen geschickten Anwalt erhält, dann kommt er bald wieder aus dem Gefängnis. Dieser Mensch war mit Sicherheit nicht unzurechnungsfähig. Der Amtsbekannte mit bosnischer Herkunft hat es eben nicht verkraftet, durch die polizeiliche Wegweisung in seiner männlichen Ehre beleidigt worden zu sein. Oder war es doch ein terroristisches Vorhaben?

ODO DÖSCHL, LEOPOLDSDORF: In Anbetracht des Grazer Amokfahrers sollte man endlich über die Handhabung unseres Asylrechts nachdenken. Es ist keineswegs jeder Flüchtling kriminell, aber es ist sicherlich kein Fehler, wenn man mit der Unsitte der Einbürgerungen aufhört und jeden im Land belässt, um ihm unsere wertvolle Staatsbürgerschaft nachzuwerfen! In diesem Sinne möchte ich den Betroffenen meine aufrichtige Anteilnahme aussprechen und den zahllosen Verletzten eine baldige Besserung wünschen.

(Sie treten wieder zurück in die Gruppe und erzeugen mit den anderen durch Wacheln mit Kronen-Zeitungen ein Geräusch wie von Jammern und Wehklagen.

Vorhang)

Material: »Das freie Wort – Briefe an die Herausgeber«, *Kronen Zeitung*, 23. 6. 2015

IM INNVIERTEL

(Düstere Gaststube im Innviertel. Eine Oberstufengymnasiastin und ihr Vater beim Mittagessen. Innviertler Knödel. Die Tochter hat ihren Teller bereits leergegessen und ist in eine Tageszeitung vertieft.)

TOCHTER: Furchtbar, diese Morde in Deutschland. Da sagen sie jahrelang, es war die Türkenmafia, dabei waren's Rechte.

VATER: Da schau her … *(Er spießt ein Stück Knödel auf, steckt es in den Mund, kaut.)*

TOCHTER: Aber die waren schlau, die haben keine Bekennerbriefe hinterlassen, dadurch hat sie niemand verdächtigt.

VATER *(kaut)*: Da schau her …

TOCHTER: Außerdem hat wahrscheinlich die Polizei mit ihnen sympathisiert.

VATER *(kaut, schluckt)*: Da schau her …

TOCHTER: Und es soll Verbindungen nach Österreich geben.

VATER: Da schau her … *(Spießt ein Stück Knödel auf, steckt es in den Mund.)*

TOCHTER *(blickt von der Zeitung auf)*: Warum sagst du dauernd »da schau her«?

VATER *(kaut, zuckt mit den Schultern)*: Sagt man so bei uns. *(Schluckt. Spießt ein Stück Knödel auf, steckt es in den Mund, kaut. Schluckt. Spießt ein Stück Knödel auf, steckt es in den Mund.)*

TOCHTER *(nachdem sie ihm längere Zeit zugesehen hat)*: Du bist mir unheimlich.

VATER *(kaut, schluckt)*: Da schau her …

(Vorhang)

GASTEINERTALER IMPRESSIONEN

(Speisewagen eines Eurocity auf der Fahrt von Salzburg nach Kärnten. An drei Tischen drei Frauen zwischen dreißig und fünfzig. Sie telefonieren mit Handys. Der Zug hat eben einen Tunnel passiert.)

DIE ERSTE: Hallo! Hallo!

DIE ZWEITE: Hörst du mich? Weil ich hör' dich nicht. Ah, jetzt hör' ich dich! Du warst kurz weg, ja. Tunnel. Also, du holst mich ab. Ja. Vorher müssen wir aber noch in einen Scont oder Vifzack wegen der Garnitur.

DIE DRITTE: Dorfgastein, glaub' ich. Oder kommt zuerst Hofgastein?

DIE ERSTE: Hallo! Hallo! *(Sie lässt das Handy sinken. Zur Dritten:)* Wieso haben Sie Empfang und ich nicht?

DIE DRITTE *(zuckt die Schultern. Ins Handy:)* Zuerst Dorfgastein, dann Hofgastein, dann Bad – ... Bad Gastein. Wieso Bad Hofgastein? Wie kommst du auf Bad Hofgastein? Hofgastein. Bad Gastein. Entweder oder.

DIE ZWEITE: Was? Was heißt, kein – ... Hallo? Schon wieder weg. Hallo? Ah, jetzt geht's wieder. Was heißt, kein Vifzack? Lauf und Kauf? Auch nicht? Was? Hallo?

(Das Handy der Ersten läutet. Sie nimmt das Gespräch an.)

DIE ERSTE: Servus. Hörst du mich jetzt? Ich hör dich gut, ja. Also, zum allerletzten Mal: Ich werde unter gar keinen Umständen – ... Hallo? Hallo? Schon wieder weg.

DIE ZWEITE: Schlag zu? Wieso soll ich zuschlagen? Was? Was heißt, wie Vifzack?

DIE ERSTE: Hallo! Hallo!

DIE DRITTE: Es heißt nicht Bad Hofgastein! Sicher nicht! Es heißt Dorfgastein, Hofgastein, Bad Gastein! Hallo? Bist du noch da?

DIE ZWEITE: Ich versteh' dich nicht.

DIE ERSTE: Hallo! Hallo!

(Der Zug fährt in einen Tunnel.

Vorhang)

VERBESSERTER SERVICE

(Bahnhof Retz, kurz nach Mittag. Ein Kunde wartet vor dem geschlossenen Schalter. Nach mehreren Minuten wird die Jalousie hochgezogen, ein Schalterbeamter erscheint. Er öffnet das Fensterchen.)

BEAMTER: Mahlzeit.

KUNDE: Mahlzeit. Ihre Öffnungszeiten werden von Tag zu Tag kürzer.

BEAMTER: Dafür verbessern wir ständig unseren Service. Für alles andere haben wir Automaten.

KUNDE: Und wenn der Automat spinnt? Keine Scheine nimmt? Meine Bankomatkarte kaputt ist?

BEAMTER: In diesem Fall ... Was kann ich für Sie tun?

KUNDE: Einmal Linz hin und zurück, zweite Klasse.

BEAMTER *(tippt in den Computer)*: Linz ... Linz Retz ... *(Kurze Pause. Er blickt auf den Bildschirm.)* 13.48 ab Retz, umsteigen Wien Handelskai und Westbahnhof, 16.48 an Linz. Zurück ab Linz 18.36, umsteigen Wien Hütteldorf und Meidling, an Retz 22.20. *(Er drückt eine Taste. Kurze Pause. Er nimmt die Fahrkarte aus dem Drucker. Während er mit ihr wachelt, wie um die Tinte zu trocknen, zum Kunden:)* Der Ausstieg in Linz ist in Fahrtrichtung rechts. Der Ausstieg in Retz ist in Fahrtrichtung links.

KUNDE: Schön. Kann ich jetzt meine Fahrkarte haben?

BEAMTER: Gleich. Zuerst wiederholen wir das. Wo ist der Ausstieg in Linz?

KUNDE: Mir doch egal!

BEAMTER: Aber mir nicht. Zu was haben wir den verbesserten

Service? Der Ausstieg in Linz ist in Fahrtrichtung rechts. Der Ausstieg in Retz ist in Fahrtrichtung links. Ganz leicht zu merken. Und gegen die Fahrtrichtung natürlich in Linz links, in Retz rechts. Haben Sie das?

KUNDE: Linz links, Retz retz.

BEAMTER: Linz!

KUNDE: Retz, haben Sie gesagt!

BEAMTER: Ja, gegen die Fahrtrichtung! Aber in Fahrtrichtung in Rex linz!

KUNDE: Aber Sie haben gesagt – ... Ach was! Geben Sie mir endlich die Fahrkarte, ich versäume noch den Zug!

BEAMTER: Zuerst sagen Sie es noch einmal richtig!

(Der Kunde reißt dem Beamten die Fahrkarte aus der Hand, wirft einen Geldschein durch das Fensterchen und eilt Richtung Bahnsteig.)

BEAMTER *(ihm nachrufend)*: Beachten Sie den Niveauunterschied zwischen Zug und Bahnsteig!

(Pause.

Er schließt das Fensterchen. Die Jalousie wird heruntergelassen.

Pause.

Die Jalousie wird hochgezogen. Der Beamte erscheint. Er öffnet das Fensterchen.)

BEAMTER *(durch das Fensterchen, laut)*: Orschloch!

(Er schließt das Fensterchen. Die Jalousie wird heruntergelassen.

Vorhang)

HUMANISTEN

(Wien. Pausenhof eines humanistischen Gymnasiums. Zwei Schüler der Maturaklasse miteinander im Streit. Zwei Professorinnen für Latein und Altgriechisch sehen aus einiger Entfernung zu.)

ERSTER SCHÜLER *(stößt den zweiten grob)*:
Oida, heast, waun du a anziges Moe no die Tanja bled austeigst,
stich i di o, und i schwea's da, i schneid da dein Beidl in Strafn!

ZWEITER SCHÜLER:
Du? Loss mi lochn! A waumpata Fresser vo Kindermüchschnittn,
und wü mia drohen? Du scheißt di doch au bei die Weiwa,
du Mongo!

ERSTER SCHÜLER *(versetzt ihm eine Ohrfeige)*:
Red du nur, red nur! Und daun schau in Spiagl: A Gfrieß wia r a
Big Mac,
Maul wia r a Oaschloch und Ohr'n wia da Dumbo! Die Tanja,
waßt eh, geht mit
mir und sonst niemand! Du losst jetz die Finga vo ihr, Oida,
host mi?

ZWEITER SCHÜLER *(erwidert die Ohrfeige)*:
Leck mi am Oasch, schleich di ham, geh zua Muada, wo's d'
hing'heast, du Trottl!
Sowos wia du kost' die Tanja an Locher! Sei froh, doss di aunschaut,
ohne doss speibn muass! Des schafft net a jeder! I g'spia's ma schon
kumman!

ERSTER SCHÜLER *(stürzt sich auf den zweiten und reißt ihn zu
Boden)*: Mia g'heat die Tanja, vastonden?!

ZWEITER SCHÜLER: Na, mia g'heat's!

ERSTER SCHÜLER: Au, Scheiße, bist teppert?!

(Sie wälzen sich, aufeinander einprügelnd, am Boden.)

ERSTE PROFESSORIN *(zur zweiten, zufrieden)*: Es ist doch ein ganz anderes Niveau, wenn an einer Schule wie der unsrigen zwei junge Männer um eine Jungfer rittern, findest du nicht auch?

ZWEITE PROFESSORIN: Schon, aber sollten wir die beiden nicht trennen?

ERSTE PROFESSORIN: Solange keine ernsthafte Verletzung des Versmaßes vorliegt, sehe ich keine Veranlassung.

(Vorhang)

WISCHEN oder DIE NEUE ROMANTIK

Spätsommer 2014. Die Adria in der Abendsonne. Eine Mole. Am Ende der Mole, eng beieinander sitzend, eine junge Frau und, rechts von ihr, ein junger Mann, beide mit dem Rücken zum Publikum. Die junge Frau hält in ihrer linken Hand ein Smartphone, über dessen Display, das sie nicht aus den Augen lässt, sie mit dem Zeigefinger der anderen Hand in unregelmäßigen Abständen wischt. Der junge Mann hält in seiner rechten Hand ebenfalls ein Smartphone, über dessen Display, das er nicht aus den Augen lässt, er mit dem Daumen derselben Hand in unregelmäßigen Abständen wischt.

Stille.

Die Sonne geht unter. Es beginnt zu dämmern.

Anhaltendes Wischen.

Es wird Nacht. Hell leuchten die Displays der Smartphones.

Der Mond geht auf.

Stille, dann plötzlich lauter werdendes, schließlich, für wenige Sekunden, lautes, erregtes Atmen der jungen Frau. Verebbt.

Stille.

Der Mond geht unter.

Hell leuchten die Displays der Smartphones.

Anhaltendes Wischen.

Die Sonne geht auf.

Vorhang

MÜNTERLEIN

(Muttertag 2012. Ein Gastgarten. An einem der Tische Mutter Rosa, 73, Sohn Albert, 49, Schwiegertochter Marianne, 38, und Enkel Ralf, 7. Sie sind eben mit dem Essen fertiggeworden.)

MARIANNE *(zu Rosa)*: War's gut?

ROSA: Ein Wienerschnitzel halt.

ALBERT: Warum bestellst du nicht was anderes? Jedes Mal isst du Wienerschnitzel.

ROSA: Wienerschnitzel ist sicher. Bei was anderem weiß man nie.

(Pause. Albert macht Marianne ein Zeichen.)

MARIANNE: Mama? Der Ralfi möcht' dir ein Gedicht sagen.

ROSA *(zu Albert)*: Was sagt sie?

ALBERT: Ein Gedicht sagt dir der Ralfi.

ROSA *(legt die Hand hinters Ohr)*: Ich versteh's nicht. Das wird von Tag zu Tag schlimmer mit meiner Schwerhörigkeit. Was will der Ralfi?

ALBERT: Ein Muttertagsgedicht will er dir sagen!

ROSA *(lächelt)*: Das ist lieb. Aber ich versteh's ja nicht.

MARIANNE *(zu Ralf, flüsternd)*: Laut, Ralfi!

RALF *(laut)*: Liebes Münterlein. Du bist für mich –

MARIANNE: Nicht Münterlein! Mütterlein! Herrgott, wie oft denn noch?!

RALF: Liebes Mün- ... Liebes Mütterlein.

ROSA *(zu Albert)*: Was sagt er?

ALBERT: Liebes Mütterlein.

ROSA: Ich bin doch gar nicht sein Mütterlein.

ALBERT: Pst. Horch zu.

ROSA: Ich versteh's ja nicht.

RALF *(laut)*: Du bist für mich die Allerbeste, du hast mein Leben mir geschenkt, drum – …

ROSA: Der Mariann' muss er das sagen, die ist die Mutter.

ALBERT: Der Mariann' hat er's schon in der Früh gesagt.

MARIANNE *(zu Ralf, flüsternd)*: Drum wünsch' ich dir zu diesem Feste.

RALF: Drum wünsch' ich dir zu diesem Feste … Feste …

ROSA *(zu Ralf)*: Das hast du ganz toll gemacht, Ralfi, das war ganz lieb von dir. Dein Papa hat mir nie ein Gedicht gesagt zum Muttertag.

ALBERT: Weil du nie da warst! Weil du immer in Griechenland warst mit dem Papa im Mai und ich zur Tante Herta hab' müssen!

MARIANNE *(zu Ralf, flüsternd)*: Dass Gott stets deine Schritte.

RALF: Die Oma horcht ja überhaupt nicht zu!

ALBERT: Jedes Jahr habe ich ein Muttertagsgedicht auswendig lernen müssen in der Schule, und nie habe ich es aufsagen können, weil du nie da warst!

ROSA: Sag' halt jetzt eins.

ALBERT: Jetzt ist es zu spät.

ROSA: Für eine Mutter ist es nie zu spät.

MARIANNE: Könnt ihr bitte aufhören und dem Ralfi zuhören? *(Zu Ralf:)* Noch einmal, Ralfi.

RALF: Liebes Münterlein. Du bist für mich die Allerbeste, du hast mein Leben mir geschenkt, drum wünsch' ich dir –

ROSA: Ich versteh's ja nicht.

(Vorhang)

MÜNTERLEIN II – DAS GRAUEN GEHT WEITER

(2052. Ein Gastgarten, überfüllt. An einem der Tische die 78-jährige Marianne und ihr Sohn Ralf, 47. Beide essen schweigend – Marianne Wienerschnitzel, Ralf Gulasch – und lächeln einander zwischendurch freundlich zu.)

MARIANNE *(nimmt einen Schluck Wein. Versonnen den Kopf schüttelnd)*: Jetzt ess' ich auch schon Wienerschnitzel am Muttertag. Dabei hab' ich mich immer so geärgert über die Mama, weil sie nie was anderes bestellt hat.

RALF: Aber es is' gut, oder?

MARIANNE: Sehr gut. *(Isst, dann zu einer Frau am Nebentisch:)* Ein ausgezeichnetes Wienerschnitzel, finden Sie nicht auch?

DIE FRAU: Sehr gut, ja.

RALF *(betont gutgelaunt)*: Und ein Wetterl! Herrlich! So wünscht man sich's am Muttertag!

MARIANNE: Was hast du gesagt?

RALF *(lauter)*: Ich hab' gesagt, ein herrliches Wetterl haben wir.

MARIANNE: Nein. Du hast gesagt, Wenterl.

RALF: Ich hab' nicht gesagt, Wenterl. Ich hab' gesagt, Wetterl.

MARIANNE: Du hast gesagt, Wenterl. Ich hab's doch gehört. Wie damals. Weißt du noch?

RALF: Ja. Fang nicht wieder damit an.

MARIANNE: Liebes Münterlein. Das war so süß! Du hast einfach kein Doppel-t sagen können.

RALF: Ich weiß. Das ist vierzig Jahre her.

MARIANNE: Liebes Münterlein, du bist für mich die Allerbeste, du hast das Leben mir geschenkt … Ich weiß es noch wie heute.

RALF: Willst du eine Nachspeis'?

MARIANNE: Man hat machen können, was man hat wollen, jedesmal hast du gesagt, Münterlein.

RALF *(ärgerlich)*: Ja! Und du hast mich jedesmal zur Sau gemacht vor alle Leut'!

MARIANNE: Aber geh, das war doch nur Spaß! Du hast ja nichts dafür können, das war ein Sprachfehler, wie Stottern.

RALF *(erregt)*: Das war nicht wie Stont-, wie Stottern!

MARIANNE: Siehst du, du kannst es noch immer nicht.

RALF: Natürlich kann ich's! Nur du bringst mich jedesmal so in Wut, wenn du immer wieder damit anfangst, dass ich –

MARIANNE *(zur Frau am Nebentisch)*: Immer regt er sich so auf.

DIE FRAU *(lächelt freundlich)*

MARIANNE: Er hat nämlich als Kind kein Doppel-t sagen können. Als wär' sowas ein Drama.

RALF *(hält sich die Ohren zu und summt halblaut vor sich hin)*

MARIANNE *(zur Frau)*: Wenn er sein Muttertagsgedicht aufgesagt hat, hat er immer gesagt, liebes Münterlein. *(Lacht.)*

DIE FRAU *(lächelt)*: Süß! *(Wendet sich wieder ihrem Essen zu.)*

MARIANNE *(zu Ralf)*: Siehst du, alle finden es süß.

RALF *(lauter)*: Mhmhmm…hmmhmm… hmmhmm… hmmhmm…

MARIANNE *(zur Frau)*: Er kann es bis heute nicht, aber er glaubt, es merkt niemand. Naja, eine Mutter merkt halt alles …

DIE FRAU *(isst)*

RALF *(rot im Gesicht, mit geschlossenen Augen, zugehaltenen Ohren, laut)*: Es ist ein Schninter, der heißt Tod …

MARIANNE *(zur Frau)*: Haben S' es g'hört?

(Vorhang)

MÜNTERLEIN III – DAS GRAUEN ENDET NIE

(2059. Gastgarten. An einem der Tische die 85-jährige Marianne, ihr Sohn Ralf, 54, und dessen Sohn Rolfi, 6. Kaffeetassen und ein halbleeres Glas Apfelsaft.)

RALF *(zu Rolfi, flüsternd)*: Jetzt, Rolfi.

(Rolfi steht auf, stellt sich vor Marianne und verneigt sich.)

MARIANNE *(zu Ralf)*: Was will er denn?

RALF: Ein Muttertagsgedicht will er sagen.

MARIANNE: Aber seine Mutter ist ja gar nicht da.

RALF: Natürlich nicht. Und jetzt tu bitte nicht so, als ob du nicht wüsstest, dass wir getrennt sind.

MARIANNE: Sie war zu jung für dich. Hab' ich immer gesagt.

RALF: Kannst du jetzt bitte dem Rolfi zuhören?

MARIANNE: Ich hör's doch nicht. Furchtbar. Früher hab' ich mich lustig gemacht über meine Schwiegermutter, und jetzt geht's mir genauso …

RALF: Du wirst schon genug hören. *(Zu Rolfi:)* Los, Rolfi. Laut.

ROLFI *(verneigt sich. Laut)*: An die Mutter // Voll Eifer spinnt die halbe Nacht / die Mutter mein, die gute, / während sie meinen Schlaf bewacht / mit ihrer Haselrute.

RALF *(zu Marianne)*: Verstehst du's?

MARIANNE: Kein Wort.

RALF *(zu Rolfi)*: Noch einmal, Rolfi. Lauter.

ROLFI *(brüllt)*: Voll Eifer spinnt die halbe Nacht / die Mutter mein, die gute, / während sie meinen Schlaf bewacht / mit ihrer Haselrute. // Dir, Mutter, bin ich anvertraut, / du bist mein bester Freumb, / ob's Nacht ist, ob der Morgen graut / oder die Sonne scheimb.

(Verneigt sich.)

MARIANNE *(applaudiert)*: Sehr schön, Rolfi. Nur den Schluss hab' ich nicht verstanden. Sagst du ihn noch einmal?

ROLFI *(brüllt)*: Ob's Nacht ist, ob der Morgen graut / oder die Sonne scheimb.

MARIANNE *(zu Ralf)*: Scheimb?

RALF: Scheint.

MARIANNE: Aber er sagt »scheimb«.

RALF: Erstaunlich, wie gut du hörst.

MARIANNE: Sowas spür' ich, weißt du … Du hast ja auch einen Sprachfehler gehabt als Kind … »Liebes Münterlein«, erinnerst du dich? *(Lacht.)*

RALF: Fang jetzt nicht damit an!

MARIANNE: Ist das eigentlich besser geworden?

RALF *(genervt)*: Bitte, Mutter! Es ist weg! Falls es überhaupt jemals da war.

MARIANNE: Natürlich war's da. Aber wenn du sagst, es ist weg … Wird's beim Rolfi sicher auch weggehn … *(Macht einen Schluck Kaffee.)* Irritieren tut mich nur … Du hast zwar kein Doppel-t sagen können, aber er … Freumb, scheimb … Das ist doch ganz anders … *(Zu sich:)* Zu jung, viel zu jung … *(Halblaut, zu Ralf:)* Bist du wirklich sicher, dass er von dir ist?

RALF *(empört)*: Munter! Binte!

MARIANNE: Ah! Hast du mich wieder angelogen!

(Vorhang)

DRAUS VORM WALDE

(Heiliger Abend. Ein abgewohntes Zimmer. Ein Weihnachtsbaum. Die Kerzen brennen. Vor dem Weihnachtsbaum Jakob, 5. Hinter ihm seine Mutter und seine Großmutter, hinter diesen, im Türrahmen lehnend und mäßig angetrunken, sein Großvater.)

JAKOB: Von drauß' vom Walde komm ich her, ich muss euch sagen, es –

GROSSVATER: Wo kommt er her?

GROSSMUTTER *(flüsternd)*: Drauß' vom Walde.

JAKOB: – weihnachtet sehr!

GROSSVATER: Blödsinn. Von Laab im Walde kann er kommen, von Brunn am Gebirge, aber Draus vorm Walde gibt's nicht.

JAKOB: Allüberall auf den Tannenspitzen –

GROSSMUTTER: Das ist keine Ortschaft. Er ist der Weihnachtsmann und kommt vom Wald draußen, verstehst du?

JAKOB: – sah ich goldene Lichtlein sitzen … blitzen …

GROSSVATER: Wieso ist er der Weihnachtsmann? Es gibt überhaupt keinen Weihnachtsmann.

GROSSMUTTER: Still! Er glaubt doch noch dran!

JAKOB: Goldene Lichtlein blitzen.

GROSSVATER: An den Weihnachtsmann?

GROSSMUTTER: Ja.

JAKOB: Sitzen.

GROSSVATER *(zu sich, leise)*: Trottel.

JAKOB: Und droben aus dem Himmelstor sah mit großen Augen das Christkind hervor.

GROSSVATER: Also, das geht aber gar nicht. Meinetwegen soll er an den Weihnachtsmann glauben, aber dann kann's nicht gleichzeitig ein Christkind geben, das muss sogar ihm klar sein.

MUTTER: Jetzt halt endlich das Maul, du seniler, ang'soffener Trottel!

JAKOB *(stürmt weinend aus dem Zimmer)*

GROSSVATER *(zur Mutter)*: Hast du's wieder einmal geschafft. Bravo.

(Vorhang)

KAUFRAUSCH

(Kaufhaus in der Wiener Mariahilfer Straße an einem Adventsamstag 2014. Reger Betrieb. Ein Praktikant des Österreichischen Rundfunks tritt zu einer mehrere Pakete balancierenden Frau Mitte dreißig und hält ihr ein Mikrofon vor das Gesicht.)

DER PRAKTIKANT: Das Weihnachtsgeschäft, sagen die Experten, läuft in diesem Jahr so gut wie nie zuvor. Sie tragen da auch, wie ich sehe, eine Menge Packerln. Eine Art Kaufrausch?

DIE FRAU: Aber überhaupt nicht! Zu Weihnachten beschenkt man eben seine Lieben. Sinnvoll müssen die Geschenke sein, das ist das Um und Auf. Mein Mann wünscht sich diesen Eiswürfelbereiter schon seit Monaten, und die Mama kriegt einen Sodastreamer, weil die soll sowieso mehr trinken in ihrem Alter. Ein schönes Mikrofon haben Sie da übrigens. Genau sowas suche ich für meine Tochter. Weil die singt ja so gern. Und sie ist auch unglaublich talentiert. Sie müssten sie einmal hören, wenn sie »La le lu« singt, das ist so berührend! Was täte das denn kosten, das Mikro?

DER PRAKTIKANT: Das ist leider unverkäuflich. Da steht ORF drauf, sehen Sie?

DIE FRAU: Eben, darum geht's ja! Sie spielt immer »Die große Chance« mit ihren Freundinnen, da wäre das ideal. Ich gebe Ihnen dreihundert Euro.

DER PRAKTIKANT *(lacht)*: Dreihundert Euro, ich bitte Sie! Das ist ein Spezialmikrofon!

DIE FRAU: Fünfhundert?

DER PRAKTIKANT: Sowas kriegt man nicht unter achthundert, und das auch nur, wenn's gebraucht ist. Aber wie gesagt, das hier ist unverkäuflich.

DIE FRAU: Und wenn ich Ihnen tausend gebe?

DER PRAKTIKANT *(nach kurzem Überlegen)*: Na gut, weil Sie's sind. Ich sage drinnen einfach, ich hab's verloren. Mehr als einen Tausender können sie von meinem Gehalt sowieso nicht abziehen.

(Er gibt ihr das Mikrofon und erhält tausend Euro. Die Frau entfernt sich, dankbar lächelnd. Der Praktikant, nachdem er ihr einige Zeit nachgeblickt hat, geht in eine wenig belebte Ecke des Kaufhauses, wo, neben einer Schachtel mit ausgemusterten ORF-Mikrofonen, der Rundfunkdirektor ihn erwartet.)

DER RUNDFUNKDIREKTOR: Und?

DER PRAKTIKANT: Tausend.

DER RUNDFUNKDIREKTOR: Super! Wenn das so weitergeht, müssen wir Ö 1 vielleicht doch nicht einstellen.

(Vorhang)

AUFKLÄRUNGSUNTERRICHT

(Ein sonniger Frühlingstag. Blühende Obstbäume. Zwitschern, Summen, Surren. Onkel Fritz und sein elfjähriger Neffe Max schlendern durch eine Blumenwiese.)

MAX *(einen Pfirsichbaum betrachtend, zu Onkel Fritz)*: Darf ich dich was fragen?

ONKEL FRITZ: Sicher. Du darfst alles fragen.

MAX: Ich möcht' gern wissen … Wie geht das eigentlich, dass da auf dem Baum auf einmal Pfirsiche wachsen?

ONKEL FRITZ: Ah, da bin ich froh, dass du das fragst. Ich hab' mir schon Sorgen gemacht, schließlich bist du fast zwölf. Also, pass auf: Du hast doch auf deinem Smartphone diese YouPorn-App.

MAX: Ja.

ONKEL FRITZ: Und da schaust du dir manchmal Filme an.

MAX: Oft.

ONKEL FRITZ: Und du siehst, was die Männer und Frauen in diesen Filmen miteinander tun.

MAX: Ja.

ONKEL FRITZ: Na, siehst du, und bei den Pfirsichen ist es im Grunde dasselbe. Die Blüten gehen auf, dann kommen die Bienen und tun die Blüten –

MAX: Ich hab' gedacht, es gibt keine Bienen mehr.

ONKEL FRITZ: Naja, ein paar schon. Und die tun –

MAX: Die Mama sagt, viel zu wenig.

ONKEL FRITZ: Da hat die Mama recht. Aber wenn's keine Bienen gibt, nimmt man halt Drohnen.

MAX: Was sind Drohnen?

ONKEL FRITZ: Das sind ganz kleine Roboter, die fliegen überall herum. Da oben. Siehst du sie?

MAX *(schaut nach oben. Nach einer kurzen Pause)*: Ja. Und was tun die?

ONKEL FRITZ: Bestäuben nennt man's. Künstlich halt. So wie bei den Menschen.

MAX *(zeigt zum Himmel)*: Da fliegt aber eine große Drohne! Tut die auch bestäuben?

ONKEL FRITZ: Nein, die hat eine Kamera, die passt auf, dass niemand was schmutzig macht oder in die Wiese pinkelt.

MAX: Und wenn trotzdem jemand in die Wiese pinkelt?

ONKEL FRITZ: Dann kommt eine ganz große Drohne und erschießt ihn.

(Vorhang)

URLAUBSPLANUNG

(Leere Bühne. Sommerlicht. Off die Stimmen einer älteren Frau (M) und eines jungen Mannes (S).)

M: Bur?

S: Murter?

M: Wos turst?

S: Urlaub plan' i.

M: Wohin fohrst?

S: Murter.

M: Jo. Wohin fohrst?

S: Murter.

M: Jo, i bin's. Wohinst fohrst, will i wissen!

S: Murter.

M: Herrgott, Bur, bist du so bled oder turst du nur so? Wohin du fohrst, sog mir!

S: Jo, Murter, Murter!

M: Spott nicht! Wohin fohrst du? Sog's!

S: Murter, wenn i sog!

M: Jo! Sog's!

S: Murter! Insel Murter!

M: Insel? Welche Insel?

S: Murter!

M: Welche Insel, will ich wissen!

S: Murter! Schau auf die Korte!

M: Do sind tausend Inseln! Welche?

S: Murter!

(Ohrfeige)

S *(schluchzend)*: Murter! Murter!

(Ohrfeige)

S *(gebrochen)*: Krk!

(Vorhang)

MEINUNGSVIELFALT

(Forum. Mündige Bürger aller Altersstufen, Tageszeitungen vor sich haltend. Manche im Selbstgespräch, andere in Gruppen aufgeregt diskutierend.)

DIE PRESSE *(zu sich, zufrieden)*: Der neue Audi A 3, ahh …

SALZBURGER NACHRICHTEN *(nickt zustimmend)*: Phantastisch, nicht? Der neue Audi A3! Salzburger Kennzeichen!

VORARLBERGER NACHRICHTEN *(angewidert)*: Salzburger Kennzeichen, allerdings! Abstoßend.

KRONEN ZEITUNG *(zu VORARLBERGER NACHRICHTEN, aufgebracht)*: Wie sprechen Sie denn über den neuen Audi A 3?! Der neue Audi A 3, großartig! Schon morgen bei Ihrem Audi-Händler!

KLEINE ZEITUNG *(spöttisch)*: Naja, wenn man nur die Krone liest … Ich sage nur: Kraftstoffverbrauch gesamt in l/100 km: 3,8 – 6,6.

DER STANDARD *(höhnisch auflachend)*: Genau! CO_2-Emission in g/km: 99 – 152.

KRONEN ZEITUNG *(zu DER STANDARD, aggressiv)*: Was haben Sie gesagt, Sie Bolschewik? Sagen Sie das noch einmal!

DER STANDARD: CO_2-Emission in g/km: 99 – 152!

KLEINE ZEITUNG: Jawohl! Der neue Audi A 3, Scheißdreck!

KRONEN ZEITUNG *(schlägt KLEINE ZEITUNG mit der Zeitung ins Gesicht)*: Da, Provinztrottel! Schönen Gruß vom neuen Audi A 3!

(Sie beginnen zu raufen.)

DIE PRESSE *(versucht die beiden zu trennen. Beschwichtigend)*:

Aber meine Herren! Symbolfoto! Der neue Audi A 3 Symbolfoto!

ÖSTERREICH *(springt DIE PRESSE an)*: Halt's Maul, Bobo! Er hat völlig recht! Der neue Audi A 3, widerlich!

OBERÖSTERREICHISCHE NACHRICHTEN *(würgt ÖSTERREICH)*: Blödsinn! Der neue Audi A 3, eine Offenbarung!

KURIER *(stürzt sich auf OBERÖSTERREICHISCHE NACHRICHTEN)*: Vorsprung durch Technik!

TIROLER TAGESZEITUNG *(wirft sich ins Getümmel)*: Schon morgen bei Ihrem Audi-Händler!

(Massenrauferei.

Vorhang)

Material: Titelseite aller österreichischen Tageszeitungen vom 13. 9. 2012.

AXI oder DAS KOMPLETTSYSTEM
Libretto für eine komische Oper

Personen:
FRAU 1 (ca. 50)
FRAU 2 (ca. 30)
MANN (ca. 40)

(Ebenerdiges Zimmer in einem Reihenhaus am Stadtrand. An der Rückwand zwei Fenster zu einem Gärtchen, das rechte geöffnet. Zwischen den Fenstern eine Kommode. Links eine Tür zu einem anderen Zimmer, angelehnt. Rechts eine Sitzecke mit Couchtisch, davor, Bildschirm für das Publikum nicht sichtbar, ein eingeschalteter Fernsehapparat. Kein Ton. Auf dem Tisch eine halbvolle Schachtel Zigaretten, ein Aschenbecher, eine Schüssel mit Salzgebäck, zwei Gläser, eine Weißwein- und eine Mineralwasserflasche. Auf der Couch, Gesicht zum Publikum, FRAU 1. Sie verfolgt desinteressiert die Vorgänge auf dem Bildschirm, betätigt immer wieder die Fernbedienung, knabbert an Soletti, nippt an ihrem Glas.
Es klopft. FRAU 2 tritt, ohne eine Aufforderung abzuwarten, ins Zimmer, geht zur Couch, begrüßt FRAU 1 mit Wangenküssen und lässt sich, dabei interessiert auf den Bildschirm blickend, auf das Sofa fallen.

Eingangsduett

FRAU 2: War schon was los
     War schon wer da

FRAU 1: Nichts war los
     Niemand war da
     Heut ist es wirklich ausgesprochen ruhig
     Es ist als ob die ganze Nachbarschaft noch schlafen würde
     Auch im Garten hinten

nicht einmal ein Vogel
nicht einmal ein Hund

(FRAU 2 schenkt sich Wein und Wasser ein und richtet sich auf dem Sofa ein.)

FRAU 2: Das ist so lieb von dir dass du mich bei dir schauen lässt
weil unser Apparat ich brauch nicht reden

FRAU 1: Ja ich weiß das ist kein Leben ohne das Komplettsystem
Drum falls das je was wird mit deinem Axi lass dir sagen

FRAU 2: Das wird wirst sehn
Ich weiß der Axi ist für mich geschaffen
Ich für ihn
Heute Abend wird es sich entscheiden
Heut ist er mein Gast
Er kommt zum Essen und dann gehn wir tanzen
Ach ich bin schon so nervös

FRAU 1: Auch ich auch ich
Nervös mit dir
Komm trinken wir es wird ein wenig uns beruhigen

(Sie schenkt ein. Sie trinken. FRAU 1 betätigt wieder mehrmals die Fernbedienung, legt sie dann weg.)

Arie: Lob des Komplettsystems

FRAU 1: Doch lass dir sagen falls das etwas wird
Und ihr richtet euch neu ein
Komplettsystem
Unbedingt Komplettsystem
und zwar in Farbe
weil ohne Farbe nein
Es kommt ein Dieb ein Vergewaltiger
du zeigst den Täter an es kommt die Polizei
und fragt was hat er angehabt

und hast du kein Komplettsystem
sagst du ein weißes Hemd und eine schwarze Hose
dabei in Wirklichkeit die Hose rot das Hemd zitronengelb
So finden sie den nie nie nie

FRAU 2: Ach immer denkst du nur an die Verbrecher
Ich kann nur denken Axi Axi Axi
Ich weiß der Axi ist für mich geschaffen
Ich für ihn
Heute Abend wird es sich entscheiden
Heut ist er mein Gast
Er kommt zum Essen und dann gehn wir tanzen

(FRAU 1 betrachtet FRAU 2 halb amüsiert, halb besorgt, nimmt dann Soletti, lehnt sich zurück, isst.)

Pause. Beide blicken auf den Bildschirm.

Am Fenster erscheint MANN, offensichtlich ein Einbrecher. Er blickt vorsichtig ins Zimmer, steigt dann durch das offene Fenster und beginnt, von den Frauen unbemerkt, die Kommode zu durchsuchen.)

MANN: Nur stille stille stille stille
Dass ja mich niemand hört
Stille stille stille stille
Dass ja mich niemand hört

(Er findet eine Halskette und mehrere Ringe und lässt alles in den Taschen seines Arbeitsgewands verschwinden.)

MANN: Wie schön
Welch herrliches Geschmeide
Doch stille stille stille stille
Dass ja mich niemand hört

(Er kramt weiter, und weiter von den Frauen unbemerkt, in Schubladen, ohne aber weitere Wertgegenstände zu finden.
FRAU 1 nimmt eine Zigarette aus der Packung, hält Ausschau nach dem Feuerzeug, findet es nicht, steht auf und geht, ohne sich vom Bildschirm abzuwenden, zur Kommode, auf der es liegt. MANN, der eben

den Rückzug durch das Fenster antreten wollte, ist der Weg verstellt. Er
drückt sich in die Ecke. Währenddessen:)

Duett vom Tun und Haben

FRAU 1: Seit wann kennst du eigentlich den Axi
    Was weißt du eigentlich von ihm

FRAU 2: Ich weiß nur er ist für mich geschaffen
    Ich für ihn

FRAU 1: Aber weißt du denn ob er was hat

FRAU 2: Nein ich weiß es nicht

FRAU 1: Ob er was tut

FRAU 2: Ich weiß es nicht

FRAU 1: Ich hoff für dich dass er was tut
    Weil tut er was dann hat er was

FRAU 2: Richtig aber hat er was dann tut er nichts
    Und tut er nichts dann hat er nichts

FRAU 1: Richtig aber hat er nichts dann tut er was
    Und tut er was dann hat er was.

FRAU 2: Richtig aber

(Sie unterbricht sich und zeigt, während FRAU 1 auf dem Rückweg
zur Couch ist und MANN seinen Abgang fortsetzt, freudig erregt auf
den Bildschirm.)

Arie der verliebten Frau

FRAU 2: Der Axi sowas
    Schau der Axi
    Ach es hält ihn nicht daheim

Er ist nervös wie ich
Sieh wie er das Haus umschleicht
Wie ungeduldig auf die Uhr er blickt
Heut ist er mein Gast
Er kommt zum Essen und dann gehn wir tanzen
Ach wie schön er sich gemacht hat
Schau wie fesch schon die Frisur
Ach er ist für mich geschaffen
Ich für ihn
Axilein mein Axilein

(Dramatische Zwischenmusik, Paukenschlag o.ä.)

FRAU 1 *(plötzlich aufgeregt)*:
Ich glaub es nicht
Das kann nicht sein

*(Auch FRAU 2 starrt voll Entsetzen auf den Bildschirm. MANN, der
schon fast draußen ist, macht einen Blick zum Fernseher, bleibt mit
offenem Mund und aufgerissenen Augen stehen.
Aller Augen kleben am Bildschirm.)*

Terzett des Entsetzens

FRAU 1: Ist das die Erika

FRAU 2: Die Erika

MANN *(halblaut, entsetzt)*: Die Erika das gibt's doch nicht

FRAU 1: Das ist die Erika

FRAU 2: Nein das ist nicht die Erika

FRAU 1: Das ist die Erika
die Erika vom Supermarkt

FRAU 2: Die Erika bist du dir sicher
Mit diesem Hut mit dieser Sonnenbrille
könnt es jede sein

MANN: Nein sie hat recht
    Das ist die Erika
    Mir sagt sie Computerkurs
    dabei trifft sie sich mit diesem Hurenbock

FRAU 2: Der Axi ist kein Hurenbock

MANN: Und was für einer immer schon
    Du kennst ihn nur zu wenig
    Aber dass die Erika
    Ich fass es nicht

FRAU 1 *(zu MANN)*: Wer bist du überhaupt

MANN: Der Ehemann von diesem Dreckstück

FRAU 1: Ach armer Mann
    Komm nimm ein Glas

FRAU 2: Vielleicht will er ja nur
    Vielleicht ist es ganz harmlos

MANN: Harmlos ha
    Schau wie sie ihn anschaut

FRAU 2: Wie sie ihn anschaut ja

MANN: Wo er sie angreift

FRAU 2: Wo er sie angreift ja

MANN: Hurenbock verfluchter

FRAU 1: Hurenbock

FRAU 2: Der Hurenbock

ALLE: Der Hurenbock der Hurenbock der Hurenbock

(MANN sinkt weinend neben FRAU 2, die ebenfalls gebrochen wirkt, auf das Sofa, schenkt sich Wein in das Glas von FRAU 1, trinkt.)

Duett der gegenseitigen Tröstung

FRAU 2: Eingeladen hab ich ihn und wollte mit ihm tanzen

MANN: Morgen wäre unser Hochzeitstag

FRAU 2: Und ich hab geglaubt er ist für mich geschaffen

MANN: Ach wie hab ich dich geliebt o Erika

FRAU 2: Ich konnt nur denken Axi Axi Axi

MANN: Das wollt ich ihr schenken

(Weint und zieht die soeben gestohlene Halskette aus der Hosentasche, zeigt sie den Frauen.)

FRAU 2: Welch herrliches Geschmeide

FRAU 1: Ein besonders schönes Stück sehr wertvoll
Übrigens besitze ich fast ganz genau dieselbe

MANN: Für Erika war sie gedacht zum Hochzeitstag und was tut sie

FRAU 2: Hurenbock o ja ein Hurenbock
Schau wie er sie umarmt wo er sie küsst

MANN: Betrogen sind wir ach betrogen

(Sie umarmen einander. MANN gibt die Kette FRAU 2.)

MANN: Da nimm du sie
Du allein hast sie verdient

(FRAU 2 blickt hilfesuchend zu FRAU 1. FRAU 1 nickt aufmunternd. FRAU 2 legt die Kette an, lächelt MANN an.)

FRAU 2: Magst du Spaghetti Carbonara

MANN: Spaghetti Carbonara o wie ich sie liebe

FRAU 2: Warum kommst du nicht zu mir heut Abend
auf Spaghetti Carbonara

MANN: Das will ich gern
doch nur wenn du danach noch tanzen gehst mit mir

FRAU 2: Das will ich gern

(Sie blicken einander verliebt an, dann zu FRAU 1, die ihnen weiter aufmunternd zunickt. MANN und FRAU 2 Arm in Arm ab.
FRAU 1 setzt sich wieder aufs Sofa, betätigt die Fernbedienung. Sie blickt ihnen zufrieden nach.)

Arie: Lob des Komplettsystems da capo

FRAU 1: Ein schönes Paar
Man sieht es gleich er ist für sie geschaffen
Sie für ihn
Ja Sicherheit des Eigentums und Sicherheit der Herzen
garantiert nur das Komplettsystem
Komplettsystem und zwar in Farbe
weil ohne Farbe nein
Es kommt ein Dieb ein Vergewaltiger
Du zeigst den Täter an es kommt die Polizei
und fragt was hat er angehabt
Du sagst ein weißes Hemd und eine schwarze Hose
dabei in Wirklichkeit die Hose rot das Hemd zitronengelb
So finden sie den nie nie nie

Ende

DER LETZTE HAUSMEISTER

(Innenhof einer Wohnanlage. Nacht. Starker Wind. Auf einer Bank, halb sitzend, halb liegend, der Hausmeister Wondra, eine Flasche billigen Rotwein in Händen.)

WONDRA *(betrunken, laut)*: Aus! Vorbei! Hörts mich? Ende! Untergang! *(Trinkt.)* Z'ammbrechen wird alles, jawohl! Häuser, Gehweg', alles! Aber wollts es ja nicht anders!

(Frau Jerzabek, eine Frau um die fünfzig, betritt den Hof und bemerkt ihn.)

JERZABEK *(kopfschüttelnd):* Herr Wondra! Was machen S' denn da?! Sie werden noch erfrieren da heraußen!

WONDRA: Wurscht! Eh alles aus! Pensioniert, Frau Jerzabek, verstehn S' mich! Pensioniert bin ich mit Ersten!

JERZABEK: Aber was! Ang'soffen sind S'! Stehn S' auf jetzt und gehn S' schlafen!

WONDRA: Und nach mir, Frau Jerzabek, wer kommt nach mir?! Niemand! Kein Hausmeister mehr! Brauchen wir nimmer, hab' ich recht?! Sie waren auch dafür, leugnen S' nicht! Ich weiß es! Ein Hausmeister weiß alles! Abg'schafft haben S' uns, jawohl! Und warum? Weil wir zuviel wissen!

JERZABEK: Jetzt hören S' auf, so einen Blödsinn reden, und gehn S' schlafen!

WONDRA: Ein Hausmeister geht nicht schlafen, Frau Jerzabek! Ein Hausmeister schlaft nie! Der wacht! Passt auf, dass nicht alles z'ammbricht! *(Trinkt, setzt die Flasche ab.)* In der vierten Generation, Frau Jerzabek, in der vierten Generation! Großvater Blockwart! Vater Vertrauensmann bei der Gewerkschaft! Und ich? Pensioniert! Und nach mir? Nix mehr!

JERZABEK *(steht nun direkt vor ihm):* Soll ich Ihnen was sagen, Herr Wondra? Richtig so! Nix gegen Sie persönlich, aber was Sie tun, macht eine Reinigungsfirma billiger, und die liegt nicht mitten in der Nacht b'soffen im Hof herum.

(Ein heftiger Windstoß. Frau Jerzabek hält mit beiden Händen ihren Hut fest. Fern Hundegebell, nur wenige Sekunden hörbar.)

WONDRA: Reinigungsfirma, wenn ich das schon hör'! Was kann schon eine Reinigungsfirma?! Putzen kann s', das is' alles. Haben ja keine Ahnung von der Hausmeisterei! Die Hund', die Kinder! Wer tritt die Hund' aus der Wies'n, rechtzeitig, bevor s' alles anscheißen? Wer verjagt die Kinder, wenn's anfangen Sauereien machen am Gang? Der Dachboden, der Keller! Wer schaut auf die Toten im Keller, Frau Jerzabek, wenn der Hausmeister nimmer da is', wer halt' die Toten ruhig?

JERZABEK *(zieht ihn hoch, legt seinen Arm um ihre Schultern und schleppt ihn Richtung Haus):* Wissen S' was, Herr Wondra? Schlafen S' einmal Ihren Rausch aus. Morgen schaut alles anders aus.

WONDRA *(auflachend):* Morgen, ja! Morgen schaut alles anders aus! Die Toten werden unruhig, spüren S' es, Frau Jerzabek? Die Hund' werden kommen, die Kinder! Z'grund geh'n wird alles, die Häuser, die Gehweg'! Und wir mit, Frau Jerzabek, wir mit!

JERZABEK *(schiebt ihn in einen der Hauseingänge):* So, jetzt geben S' mir Ihren Schlüssel, dann sperr' ich Ihnen auf, und Sie legen sich in Ihr Bett und –

(Sie verschwinden im Haus.
Pause.
Der Wind wird stärker. Prasselnder Regen. Es donnert. Fern Hundegebell, anhaltend, dann Kinderstimmen, so als zöge eine Kindergartengruppe singend durch die Nacht. Aus einem Baum fliegt ein Schwarm Krähen auf. Das Hundegebell lauter.

Frau Jerzabek erscheint wieder. Sie blickt sich kurz um, durchquert, beide Arme über den Kopf haltend, eilig den Innenhof und verlässt die Bühne.

Stürmischer Wind. Schwerer Regen.

Plötzlich Stille.

Vorhang)

RETTUNGSGASSE / WUTBÜRGER

(Autobahn. Stau. Ein Polizeifahrzeug und Rettungswägen mit Blaulicht und Sirenen nähern sich und bleiben am Ende des Staus stehen. Die Stimmen der Polizisten über Lautsprecher.)

ERSTER POLIZIST: Es hat sich ein Unfall ereignet! Bilden Sie eine Rettungsgasse! Die links stehen, an den linken Rand, die rechts stehen, an den rechten Rand! Rettungsgasse bilden!

(Keine Reaktion)

ERSTER POLIZIST: Rettungsgasse für die Hilfskräfte bilden! Die Linken nach links, die Rechten nach rechts!

(Keine Reaktion)

ZWEITER POLIZIST: Seids terisch, Trottln?! Die Rettung wü durch!

ERSTER POLIZIST: Rettungsgasse bilden! Ich wiederhole: Rettungsgasse bilden!

(Pause. Die Fahrertür eines der im Stau stehenden Autos wird geöffnet, ein Mann mittleren Alters, ausgerüstet mit einem Megaphon, steigt aus und klettert auf das Dach seines Autos.)

DER MANN *(wütend)*: Einen Dreck werden wir! Wir kennen diese sogenannten Rettungsaktionen, und wir werden dieses System nicht mehr unterstützen! Wir sind keine Linken und wir sind auch keine Rechten, wir sind die sogenannte Mittelschicht, und das wollen wir auch bleiben, und deswegen bleiben wir da stehen in der Mitte! Weil wir sind freie Indivu-, Endivi-, Individien, freie Individien, verstanden, wir lassen nimmer retten auf unsere Kosten! *(Noch wütender:)* Wir sind die, die nicht mehr unsere Stimmen in Urnen werfen werden, sondern wir werden sie behalten, damit wir schreien können: Wir – sind – wütend! Wir – sind – wütend!

(Zahlreiche Personen, alle ausgestattet mit Megaphonen, steigen aus ihren Autos und klettern auf deren Dächer.)

ALLE: Wir – sind – wütend! Wir – sind – wütend!

(Szenenwechsel. Das Polizeifahrzeug, innen.)

ZWEITER POLIZIST: Langsam gehn s' mir am Geist …

ERSTER POLIZIST: Mir auch. Aber man kann nix machen, sie entlasten das Gesundheitssystem.

(Vorhang)

Material: Roland Düringer, »Wir sind wütend«, ORF zwei, 8. 12. 2011

»STAATSKÜNSTLER« – LETZTE VORBEREITUNGEN

(Tonstudio. Die führenden Satiriker Maurer, Palfrader und Scheuba bei einer Tonaufnahme.)

STIMME DES TONMEISTERS: Thema Integration. Bitte, Herr Maurer.

MAURER: Es gab einen sehr populären Kärntner Landeshauptmann mit oberösterreichischem Migrationshintergrund. *(Eingespieltes Lachen.)* Was im Kleinen funktioniert hat, lässt sich hoffentlich auch im Großen umsetzen. *(Eingespieltes vereinzeltes Lachen.)* Den Rest erledigt der Integrationsstaatssekretär Kurz.
Er hat sicher schon in seiner Hietzinger Schalkrawattenpartie den einen oder anderen Döblinger integriert, weiß also grundsätzlich, wie es geht. Man muss ihm Zeit lassen.

(Eingespieltes Lachen und Schenkelklopfen. Eingespielter Applaus. Verebbt.
Stille)

PALFRADER: Jetzt ich?

STIMME DES TONMEISTERS: Ich bitte darum.

PALFRADER: Wenn Kurz es schafft, alle Kärntner, die in Wien leben, zu integrieren, würde ich sagen: »Hut ab.«

(Stille)

PALFRADER *(aufgebracht)*: Was is', Trottel?!

STIMME DES TONMEISTERS: Pardon.

(Eingespieltes Lachen und Schenkelklopfen. Eingespielter Applaus. Verebbt.)

PALFRADER: Länger!

STIMME DES TONMEISTERS: Herr Scheuba bitte.

SCHEUBA: Die Kärntner in Wien sind politische Flüchtlinge, wie die Zuwanderer aus Tschetschenien. Da geht es um Asylpolitik und um Menschenrechte.

STIMME DES TONMEISTERS: Noch einmal bitte!

SCHEUBA: Die Kärntner in Wien sind politische Flüchtlinge, wie die Zuwanderer aus Tschetschenien. Da geht es um Asylpolitik und um Menschenrechte.

STIMME DES TONMEISTERS: Jetzt habe ich ein Plopp bei den politischen Flüchtlingen. Sagen Sie's noch einmal?

SCHEUBA: Die Kärntner in Wien sind politische Flüchtlinge, wie die Zuwanderer aus Tschetschenien. Da geht es um Asylpolitik und um Menschenrechte.

STIMME DES TONMEISTERS: Danke. Jetzt verstehen's alle.

(Stille)

SCHEUBA: Lachen nicht vergessen!

(Eingespieltes Lachen und Schenkelklopfen.

Vorhang)

Material: »Das Österreich-Lexikon – Die Alpenrepublik nach Stichworten von Scheuba, Palfrader und Maurer«, *NEWS* 45/2011

DIE ZUKUNFT DER ÖFFENTLICHKEIT

(Kaffeehaus. Zwei Studenten, frühstückend.)

DER ERSTE *(liest aus der Zeitung vor)*: Der erste Tote in Brasilien.

DER ZWEITE *(mit vollem Mund)*: Wird hoffentlich nicht dabei bleiben.

DER ERSTE *(beißt von einem Kipferl ab)*: Hast gewettet?

DER ZWEITE: Sicher. Du nicht?

DER ERSTE: Ich wart' erst auf die Quoten.

(Vorhang)

Material: »Proteste in Brasilien ausgeweitet: Erster Toter« – *Salzburger Nachrichten*, 21. 6. 2013

SPORTWETTEN

(Wettbüro. Hinter dem Wettschalter der Inhaber. Ein Kunde tritt zu ihm.)

KUNDE: Kann ich bei Ihnen wetten auf das Spiel, dritte Liga, Zumbach gegen Vombach?

INHABER: Sicher. Auf was wollen Sie wetten? Sieg Vombach? Quote eins zu neun komma fünf.

KUNDE: Nein. Ich möchte wetten, dass die Partie geschoben ist.

INHABER: Da würde ich abraten. Quote eins zu eins komma zwei.

KUNDE: Das macht nichts. Ich setze eine Million.

INHABER *(baff)*: Eine Million?

KUNDE *(nickt und überreicht dem Inhaber einen Aktenkoffer. Der Inhaber öffnet ihn, zählt das Geld, druckt einen Wettschein aus und gibt ihn dem Kunden.)*

INHABER: Na dann viel Glück!

KUNDE: Habe ich sicher. Bis bald. *(Er verlässt das Lokal.)*

INHABER *(blickt ihm grinsend nach)*: Armer Irrer. *(Er greift zum Telefon.)* Karli? Servus. Geh, ruf in Zumbach an und sag ihnen, alles hinfällig … Nein, vergiss den Chineser, den zahlen wir aus … Sie sollen ehrlich spielen … Ja … Na, dann zahl ihnen halt das Doppelte, aber sie sollen ehrlich spielen … Ja … Was heißt, geschoben? Wenn sie ehrlich spielen … Ach so, du meinst, weil … *(Lange Pause. Er legt das Telefon weg, starrt. Zu sich, kaum hörbar:)* Scheiße …

(Vorhang)

WELTNACHRICHTEN

(Speisezimmer irgendwo in Frankreich. Ein Ehepaar mittleren Alters beim Frühstück. Aus dem Radio die Stimme einer Nachrichtensprecherin.)

NACHRICHTENSPRECHERIN *(auf Französisch)*: Österreich. Nach längeren Debatten ist heute im österreichischen Parlament die Abänderung der österreichischen Bundeshymne endgültig beschlossen worden. In der ersten Strophe wird es künftig nicht mehr heißen, »Heimat bist du großer Söhne«, sondern »Heimat großer Töchter und Söhne«. Das waren die Nachrichten.

DER MANN: Parbleu!

DIE FRAU *(stößt die zur Faust geballte Linke in die Luft.)*: Ah, les Autrichiens! Ils sont de vrais révolutionnaires!

(Black.

Schulzimmer irgendwo in den USA. Über die Klassenlautsprecher die Stimme des Direktors.)

DIREKTOR *(auf Amerikanisch)*: Es wird hiermit bekanntgegeben, dass das österreichische Parlament nach eingehenden Diskussionen beschlossen hat, die Zeile »Heimat bist du großer Söhne« in der ersten Strophe der österreichischen Bundeshymne abzuändern in »Heimat großer Töchter und Söhne«. Danke für Ihre Aufmerksamkeit.

DER LEHRER *(zu sich)*: Fuck!

(Er greift unter das Katheder, bringt ein automatisches Gewehr zum Vorschein, erschießt alle Schülerinnen und Schüler, tritt ans Fenster, feuert einige Zeit nach draußen, wird von einer Kugel aus dem gegenüberliegenden Klassenzimmer getroffen, stirbt.)

Black.

Börse in Tokio. Zahlreiche Makler.)

LAUTSPRECHERSTIMME *(das Ansagen der Börsenkurse unter-brechend, auf Japanisch)*: Achtung, Achtung! Die vierte Zeile der ersten Strophe der österreichischen Bundeshymne lautet in Zukunft nicht mehr »Heimat bist du großer Söhne«, sondern »Heimat großer Töchter und Söhne«, ich wiederhole, die vierte Zeile der ersten Strophe der österreichischen Bundeshymne lautet in Zukunft nicht mehr »Heimat bist du großer Söhne«, sondern »Heimat großer Töchter und Söhne«.

(Alle Makler begehen Harakiri.

Black.

Afrika. Über dem gesamten Kontinent Stimmen aus Lautsprechern und Megaphonen.)

DIE STIMMEN *(in sämtlichen Sprachen und Dialekten Afrikas)*: Hört! Österreich singt in seiner Bundeshymne von nun an nicht mehr »Heimat bist du großer Söhne«, sondern »Heimat großer Töchter und Söhne!«

(Afrika verhungert.

Vorhang)

DIE NÄCHSTE ZEIT

(Jahresende. Straße in einer österreichischen Stadt, menschenleer. Aus geöffneten Fenstern Schlagermusik.

Pause.

Eine Gruppe Untoter auf der Suche nach Beute erscheint, quert die Straße, verschwindet wieder.

Pause. Die Schlagermusik endet. Eine Kennmelodie, dann:)

STIMME EINES RADIOSPRECHERS: Hier ist der österreichische Rundfunk. Die Nachrichten. Niederösterreich. Kurz nach ein Uhr früh kam es heute in Freyenstein im Bezirk Melk zum Brand eines Wohnhauses. Die Ursache des Feuers steht noch nicht fest. Sechs Feuerwehren mit neunzig Mann waren im Einsatz. Das Haus wurde durch die Flammen völlig zerstört. Verletzt wurde niemand. – Kärnten. Brutale Szenen heute Nacht in einem Klagenfurter Mehrparteienhaus. Eine Jugendbande wollte sich mit Baseballschlägern und Schlagstöcken Zutritt zu einer Wohnung verschaffen. Als die Eingangstür aufgebrochen wurde, kam es zum Handgemenge. Ein achtzehn Jahre alter Schüler erhielt einen Faustschlag, der Wohnungsbesitzer wehrte sich mit Pfefferspray, und der Schüler verletzte daraufhin den Bandenführer, einen neunzehn Jahre alten Beschäftigungslosen, mit der siebzig Zentimeter langen Klinge eines Samuraischwerts. Gegen ihn wurde ein Waffenverbot ausgesprochen. Eine Stellungnahme des Polizeidienststellenleiters Anton Kumnik erwarten wir für das Mittagsjournal. – Tirol. Nachdem gestern in Weer ein Sattelauflieger ausgebrannt war, weil aus einem Hydranten kein Wasser kam –

(Eine Gruppe Vampire auf der Suche nach Beute erscheint, quert die Straße, verschwindet wieder.)

STIMME DES RADIOSPRECHERS: – stellt sich der ASFINAG die Frage, ob der betroffene Hydrant überhaupt ans Wassernetz angeschlossen war. Um Licht ins Dunkel zu bringen, wurde eine Expertenkommission eingesetzt. Sie soll nun genau Technik, den Bauakt, in dem offenbar gar kein Hydrant verzeichnet ist, und alle diesbezüglichen Unterlagen prüfen. Eine erste Pressekonferenz ist für vierzehn Uhr anberaumt. – Das waren die Nachrichten. Nun zum Wetter.

(Eine andere Kennmelodie, kurz, schrill, dann:)

STIMME EINER RADIOSPRECHERIN: Hier ist die ORF-Verkehrsredaktion. Achtung Autofahrer auf der B 320 Ennstal-Bundesstraße. Kurz vor Schladming –

(Die Untoten auf der Suche nach Beute erscheinen wieder, queren die Straße, verschwinden.)

STIMME DER RADIOSPRECHERIN: – befindet sich eine Entenfamilie auf der Fahrbahn. Bitte stoppen Sie umgehend und warten Sie auf weitere Anweisungen. Ich wiederhole: Stoppen Sie umgehend und warten Sie auf weitere Anweisungen.

STIMMEN AUS DEN FENSTERN: Enten! Jöhh! Süß! Entenfamilie! Hoffentlich passiert nix!

STIMME DES RADIOSPRECHERS: Nun zum Wetter.

(Vorhang)

Material: orf.at

BETROFFEN

(Wohnzimmer in einer Altbauwohnung in Wien. Kerzenlicht. Im Hintergrund leise Musik von Jefferson Airplane. Fernsehapparat eingeschaltet. Davor, auf einer zerschlissenen Couch, ein Ehepaar um die sechzig. Auf dem Bildschirm der Sozialminister Hundstorfer.)

HUNDSTORFER: Grundsätzlich geht es einmal darum, dass wir ein Gesamtbudget zu verhandeln hatten und haben, und grundsätzlich geht es einmal darum, dass wir einen Gesamtkonsolidierungsbedarf haben, und dieser Gesamtkonsolidierungsbedarf hat natürlich Betroffenheiten, das ist ja gar keine Frage, und diese Betroffenheiten sind manchmal sehr sehr unangenehm, das ist vollkommen klar. Aber ich darf auch umgekehrt fragen: Wo sind Alternativen? Wir haben uns bemüht, alle Bereiche haben Betroffenheiten, es kann kein Bereich in Österreich sagen, ich habe keine Betroffenheit. Auch die Regierungsmitglieder haben persönliche Betroffenheit, genauso, und klar ist, dass natürlich bei ein paar Betroffenheiten, wenn sie in Extremfällen zusammenfallen, es so aussieht, als hätten wir nur für solche Betroffenheiten das gemacht.

(Der Mann schaltet den Fernseher aus. Nichts ist zu hören als, leise im Hintergrund, die Musik von Jefferson Airplane.)

DIE FRAU: Ich empfinde tiefe Betroffenheit.

DER MANN: Ich ebenfalls. Auch Trauer und Wut.

DIE FRAU: Wut, ja. Schmerz. Auch Scham, große Scham.

DER MANN: Scham, du hast recht. Auch ich empfinde Scham. Vor allem aber Betroffenheit.

(Vorhang)

Material: ZiB 2, Gespräch mit Sozialminister Rudolf Hundstorfer, 25. 10. 2010

59

SO EINFACH IST DAS

Personen: Profil, besorgter Bürger (Europa)
Sims, Ökonomienobelpreisträger (USA)

PROFIL: Steht die Eurozone kurz vor dem Zusammenbruch?

SIMS: Das ist schwer vorherzusagen. Nehmen wir Länder mit hoher Inflation. Aufgrund der Inflation steigen die Zinsen. Nehmen wir an, die politische Situation ist festgefahren, und die Steuern können nicht erhöht werden. Erhöht die Regierung sie aber doch, gehen die Zinsen nicht nach oben, denn keiner bezahlt Steuern. Im Falle einer Erhöhung der Zinsen durch die Zentralbank würde der Zinsaufwand des Regierungshaushalts nach oben gehen. Das wiederum hat Auswirkungen auf die Haushaltspolitik. Denn nur wenn die Gesetzgebung mit höherem Zinsaufwand auf diese Herausforderung eingeht, indem sie mehr Geld druckt, um das Defizit auszugleichen, hat das keine verknappenden Auswirkungen auf den Zinsanstieg.
So einfach ist das.

PROFIL: Eine andere Frage: Steht die Eurozone vor einer Rezession?

SIMS: Das kann sein.

PROFIL: Meinen Sie, dass Griechenland pleitegehen soll?

SIMS: Diese Frage lässt sich nicht grundsätzlich mit Ja oder Nein beantworten.

PROFIL: Was geschieht im schlimmsten Fall?

SIMS: Die Spekulanten wetten gegen den Euro und auf steigende Zinsen italienischer, spanischer, portugiesischer und irischer Kredite. Sie glauben nicht, dass der Rettungsschirm groß genug ist, um allen Krisenländern zu helfen. Denken immer mehr Menschen so, steigen die Zinsen. Es ist dann eine klassische sich selbst erfüllende Prophezeiung.

PROFIL: Sollte Europa Finanztransaktionen besteuern?

SIMS: Viel Einfluss auf den Finanzmarkt wird eine solche Steuer nicht haben, denn es gibt Wege, um sie mit Transaktionen, die nicht besteuert werden, zu umgehen. Dann wäre letztlich das Steueraufkommen kleiner als gedacht.

PROFIL: So einfach ist das?

SIMS: So einfach ist das.

(Vorhang)

Material: »Es könnte zu Aufständen der Bevölkerung kommen« – Interview mit Christopher Sims, *profil* 16/2012

IM FINANZMINISTERIUM

(Gang im Finanzministerium. Vor der Tür zum Büro des Finanzministers eine Ansammlung geschäftsmäßig gekleideter Personen, in der Mehrzahl männlich, Papiere schwenkend und durcheinander rufend):

– Beratung? Verständnis? Knowhow? 06 09 66 88 44. Nur fünftausend Euro pro Minute.

– Zu durchsichtig agiert? Angst vor Transparenz? Da hilft OPAK. OPAK – der Schleier über allem.

– 06 80 40 40 40. Diskrete Abwicklung. 06 80 40 40 40.

– *(Frauenstimme, lasziv)* Komm in die Bad Bank. 0 900 901 902. Die Bad Bank-Experten erwarten dich.

– Imageprobleme? Drohende Insolvenz? Da hilft OPAK. OPAK – der Schleier über allem.

– 0 840 30 40 50. Wir haben die Anstaltslösung. Für nur null komma ein Promille der Gesamtsumme. 0 840 30 40 50.

– Beratung? Verständnis? Knowhow? 06 09 66 88 44. Nur fünftausend Euro pro Minute.

– Erboste Steuerzahler? Internetpetitionen? Da hilft OPAK. OPAK – der Schleier über allem.

(Usw.)

(Ein älterer und ein jüngerer Ministerialbeamter kommen den Gang herunter.)

DER JÜNGERE *(zeigt auf die Menschenansammlung)*: Wer sind die?

DER ÄLTERE: Berater. Wollen zum Chef, wegen der Hypo.

DER JÜNGERE: Und er lässt sie alle vor?

DER ÄLTERE: Schlimmer. Er stellt sie alle ein.

(Vorhang)

FRÖHLICHE ARMUT

»In Indonesien verkaufen wir Einzelpackungen Shampoo für zwei bis drei Cent und verdienen trotzdem ordentliches Geld. Wir wissen, wie das geht, aber in Europa haben wir es in den Jahren vor der Krise verlernt.«

(Jan Zijderveld, Leiter des Europa-Geschäfts
des Unilever-Konzerns)

(Wohnküche einer Neubauwohnung am Stadtrand einer westeuropäischen Großstadt. Ein junger Mann, einen Rührteig bereitend. Eine junge Frau. Sie hält ein Kleinkind auf dem Arm. Das Kind weint leise. Kaltes Licht. Bewegungen aufs Äußerste verlangsamt. Lange Pausen zwischen den einzelnen Sätzen.)

DIE FRAU: Du backst?

DER MANN *(nickt)*: Rückzahlung Betriebskosten. Elf achtundsechzig. Muss man feiern. *(Wirft eine leere Plastikverpackung in den Mülleimer.)* Gibst du mir den Zucker?

DIE FRAU *(nimmt ein Schächtelchen, betrachtet es. Vom Etikett ablesend)*: Sechs Gramm. Viel ist das nicht. *(Öffnet es und reicht es dem Mann.)*

DER MANN: Genau was ich brauche. *(Schüttet den Inhalt in die Teigmasse, wirft die Verpackung weg, rührt.)* Das Mehl bitte.

DIE FRAU *(nimmt ein Papierbriefchen, betrachtet es, reicht es dem Mann)*: Teuer?

DER MANN: Neun Cent im Doppelpack. *(Schüttet den Inhalt in die Teigmasse, wirft die Verpackung weg, rührt.)* Jetzt noch den Vanillezucker. Aber das mache ich lieber selbst. Hauch Vanillezucker. Muss man vorsichtig sein. Einmal niesen, alles weg. *(Nimmt ein winziges Papierbriefchen, reißt es auf.)* Vier Cent. Bestpreisangebot. *(Schüttet den Inhalt in die Teigmasse, wirft die Verpackung weg, rührt.*

Pause)

DIE FRAU *(blickt in die Schüssel, taucht die Fingerspitze in den Teig, kostet)*: Gut. Was wird das?

DER MANN: Muffin.

DIE FRAU *(leckt sorgfältig ihren Finger ab)*: Muffin ...

(Lange Pause)

DER MANN: Wir teilen ihn uns.

(Er legt den Kochlöffel weg, füllt den Teig in eine Muffinform. Das Kind weint lauter. Die Frau drückt es fester an sich und summt eine einfache Melodie. Das Kind weint weiter. Die Frau geht zum Mülleimer, entnimmt ihm die Plastikverpackung, gibt sie dem Kind. Das Kind nimmt die Verpackung, betrachtet sie, steckt sie in den Mund, hört auf zu weinen.
Der Mann öffnet das Backrohr, stellt die Form hinein, schließt es.
Beide betrachten das Backrohr.

Lange Pause.)

DER MANN: Hast du den Lottoschein aufgegeben?

DIE FRAU *(nickt)*

(Sehr lange Pause.

Vorhang)

BÖRSEGASSE, URBAN

(Kleinwohnung in Wien. Wenig Einrichtung. Auf Polstern am Boden vor dem eingeschalteten Fernsehapparat ein Paar Mitte zwanzig. Skol-Bier. Clever-Chips. Im Fernsehen läuft eine Nachrichtensendung. Zu sehen ist ein Demonstrationszug, später Auseinandersetzungen zwischen Demonstranten und Polizisten, noch später eine junge Frau, die in Handschellen abgeführt wird.)

MODERATORIN *(off)*: – heute auch in Wien zu einer Groß-demonstration gegen Banken und Finanzindustrie, die den Verkehr auf der Ringstraße lahmlegte. Ich bin jetzt verbunden mit unserem Innenstadtkorrespondenten Ulf Poschardt. Ulf Poschardt, wie sieht es derzeit am Ring aus?

(Poschardt erscheint auf dem Bildschirm. Im Hintergrund die Demonstration.)

POSCHARDT: Es sieht sehr gut aus hier, sehr bunt, sehr urban alles, die Menschen gekleidet, als gingen sie zu einem wichtigen Date oder einem noch wichtigeren Vorstellungsgespräch bei einer Modelagentur, das hat nichts von dieser knochentrockenen Bieder- und Humorlosigkeit, wie wir sie von früheren antikapitalistischen Demonstrationen her kennen. Die jungen Frauen sehen alle aus, als wären sie von Sandro Botticelli gemalt.

MODERATORIN *(off)*: Es gibt Stimmen, die behaupten, manche der Frauen sähen aus, als wären sie von Rubens gemalt. Auch von da Vinci ist die Rede. Stimmt das?

POSCHARDT: Möglicherweise vereinzelt auch Rubens und da Vinci, aber soweit ich das von hier aus überblicken kann, würde ich doch sagen, insgesamt eher Botticelli. Jedenfalls sehen sie allesamt aus, als wären sie von Raf Simons eingekleidet.

MODERATORIN: Mit anderen Worten Prada.

POSCHARDT: Nein, ich spreche vom späten Raf Simons, nicht Prada, sondern Jil Sander. Zwar, da haben Sie recht, ursprünglich war Jil Sander eine Prada-Tochter, aber ich spreche von Jil Sander nach dem Verkauf durch Prada, von diesem Raf Simons.

MODERATORIN: Wie sieht es auf Polizeiseite aus?

POSCHARDT: Auch hier alles sehr urban, sehr diszipliniert, elegante dunkelblaue Uniformen, transparente Schutzschilde, sehr stilvoll, Anklänge auch hier an Raf Simons, vor allem in den Vollvisierhelmen, und natürlich von zeitloser Schönheit in den Hüfthalftern die Pistolen von Gaston Glock.

MODERATORIN: Und es kommt immer wieder zu Zusammenstößen?

POSCHARDT: Es kommt immer wieder zu Zusammenstößen.

(Die Moderatorin erscheint wieder auf dem Bildschirm.)

MODERATORIN: Vielen Dank, Ulf Poschardt, für diesen ersten Stimmungsbericht.

DER JUNGE MANN: Mach »Mein cooler Onkel Charlie«.

(Die junge Frau schaltet um. Auf dem Bildschirm »Mein cooler Onkel Charlie«.

Pause.

Eingespieltes Lachen.

Pause.)

DER JUNGE MANN: Wenn ich dir was Anständiges zum Anziehen kaufen könnt', könnten wir auch demonstrieren gegen die Orsch-Banken.

DIE JUNGE FRAU *(umarmt ihn zärtlich)*: Was nicht ist, ist halt nicht.

(Sie küsst ihn.

Vorhang)

Material: Ulf Poschardt, »Der verwirrend schöne New Yorker Antikapitalismus«, *Die Welt*, 14. 10. 2011

SCHULE DER DICHTUNG

(Büro des Verteidigungsministers Darabos. Der Minister an seinem Schreibtisch. Hinter ihm mehrere seiner Sekretäre. Vor ihm, lorbeerbekränzt und die Leier schlagend, ein Dichter.)

DER DICHTER:
Ist es tatsächlich dein Wille, o Herr, zu entheben der Wehrpflicht
die männliche Jugend des Landes? Entscheide nicht vorschnell!
Bedenke es gut, eh du abtust die warnenden Reden all jener,
die Einwände haben, denn vieles, sehr vieles ginge verloren.
Nicht der Dienst mit der Waffe und nicht das Handwerk des Tötens
ist's, was man würde vermissen, doch die große Schule der
                                              Dichtung
wäre für immer geschlossen, in die jeder Jüngling des Landes
eintritt, betritt er, für tauglich befunden, eine Kaserne.
Schon der »Tagwache«-Ruf in der Stille des Morgens, der Vögel
Singen jäh unterbrechend, ist er nicht Dichtung,
nur zu vergleichen dem »Jedermann«-Rufen am Salzburger
                                              Domplatz
in Hofmannsthals Drama? Beobachten, melden! Dies war zu
                                              merken:
Wer hat wann denn wen oder was und wo das und wie denn?
»Wewawe wawowi«, tönte der Jünglinge Chor, rezitierend
so ein frühestes Lautgedicht, lang noch vor Jandl.
Und Exerzieren tagtäglich, und, ach!, Poesie des Marschierens!
Zwar lässt sie sich nicht in Hexametern zeigen, weil gleich
                                              aufeinander
jambisch drin folgen Hebung und Senkung, doch wie einfallsreich
                                              war
der Ausbildner Toben, geriet aus dem Rhythmus die Truppe. Voll
                                              Zorn rief
»Schau, wia sie owestinknt, die Orschlecha!« da der Wachtmeister
                                              Strömpfl,

was für ein Satz! Wie hernieder sie stänken, die Trottel, die Wappler,
die Tockan, die Seehund' und mehr noch! Welch Reichtum an
Vokabular!
Dies alles, o Herr, willst verloren du geben oder in Hände
von solchen, die nur um zu töten und Geld zu verdienen sich
melden
für ein Berufsheer? Keiner von ihnen wird jemals die heimische
Dichtkunst bereichern um eine Zeile von Wert. Denen aber,
die's tun,
nimmst mit der Wehrpflicht du ihre Schule für immer.

(Er verneigt sich und verlässt das Büro. Darabos und die Sekretäre blicken einander ratlos an.

Lange Pause, dann:)

DARABOS: Jedenfalls hat er Argumente.

(Vorhang)

VERLORENE STIMMEN

»Wir sind die neuen Juden.«
(Heinz Christian Strache)

(Kärntner Straße. Ein altes Ehepaar geht, mit Hilfe von Rollatoren, Richtung Oper. Ihnen entgegen kommt, den Arm um die Hüfte einer jungen blonden Frau gelegt, der Vorsitzende der Freiheitlichen Partei Österreichs Strache.)

DIE FRAU: Schau, wer da kommt.

DER MANN: Saujud'.

DIE FRAU: Von ihm hätt' ich's am wenigsten gedacht. Diese blauen Augen …

DER MANN: Kontaktlinsen wahrscheinlich. So schleppen s' die feschesten deutschen Mädeln ab.

DIE FRAU: Saubande. Aber so war's immer.

DER MANN: Und was er für ein Theater macht! Wegen ein paar Fensterscheiben schreit er gleich Reichskristallnacht. *(Lacht.)*

DIE FRAU: Wehleidig halt. Waren sie immer.

(Strache und die junge Frau sind inzwischen an ihnen vorbeigegangen.

Pause.)

DIE FRAU: Glaubst du, der Haider war auch ein Jud'?

DER MANN: Sicher. Allein die Geldgier, typisch.

DIE FRAU: Und diese Nas'n!

DER MANN: Diese Nas'n, genau.

(Ihre Stimmen verlieren sich.

Vorhang)

VIERAUGENGESPRÄCH

(Studierstube des Abgeordneten zum Europaparlament Mölzer. Mölzer an seinem Schreibtisch, an einem Manuskript arbeitend. Es klopft. Die Tür geht auf, der Vorsitzende der Freiheitlichen Partei Österreichs Strache tritt ein.)

STRACHE: Darf man?

MÖLZER: Gerne, gerne.

STRACHE: Ich möchte unter vier Augen mit dir sprechen.

MÖLZER: Gerne, gerne.

STRACHE: Es ist mir unangenehm, aber ich muss dich bitten, deine Kandidatur zurückzuziehen. Die Öffentlichkeit, verstehst du, der Druck ... Du weißt, die Partei will dich keinesfalls verlieren, aber manche Dinge sind halt ... Darum, bitte ...

MÖLZER: Eine gerechte Forderung.

STRACHE: Und bitte gebrauch nie wieder das Wort »Neger«.

MÖLZER: Ich verspreche es.

STRACHE: Gut. *(Sein Blick fällt auf das Manuskript.)* Du schreibst wieder?

MÖLZER: Ja. Eine geruhsame Tätigkeit nach der schweren Tagesarbeit.

STRACHE: Gedichte?

MÖLZER: Nein. Eine geradlinige Geschichte. Hanne Gerber, eine Germanin in Eger, eine gertenschlanke Person, will eine gerippte Bluse erwerben, gegen eine geringe Summe Geldes, denn sie hat keine geregelte Arbeit. Ihre Rivalin jedoch, Gerda, eine gerichtsnotorische Gewalttäterin, will das verhindern. Auch die Söhne Gerdas mischen sich ein. Eine geräuschvolle Auseinandersetzung ist die Folge. Dann, eine geraume Zeit später –

STRACHE: Klingt spannend. Aber ich muss jetzt leider. Also noch einmal, du versprichst, dass du das bewusste Wort nie wieder verwendest.

MÖLZER: Ich verspreche es.

STRACHE: Gut.

(Er geht ab. Mölzer blickt ihm nach.)

MÖLZER *(kopfschüttelnd)*: Sechzehn Mal ... Und er hat nichts bemerkt ... Wirklich ein hartes Los, in dieser Partei Intellektueller zu sein. Primitive Pimpfe im Grunde ... Bande von Hottentotten ...

(Vorhang)

SELBSTREINIGUNG (MODELL ÖVP)

(Theatersaal in schwachem Licht. Kein Publikum. Auf der ansonsten leeren Bühne die Österreichische Volkspartei in Form der Gesamtheit ihrer Funktionäre. Ein Funktionär wird aus der Menge gezerrt, auf ein Podest gestellt, die Augen werden ihm verbunden.)

STIMME VON OBEN: Wer unter euch ohne Sünde ist, der werfe den ersten Stein.

(Steinhagel. Der Funktionär stirbt. Sein Leichnam wird vom Podest gehoben und fortgebracht. Eine Funktionärin wird aus der Menge gezerrt, auf das Podest gestellt, die Augen werden ihr verbunden.)

STIMME VON OBEN: Wer unter euch ohne Sünde ist, der werfe den ersten Stein.

(Steinhagel. Die Funktionärin stirbt. Ihr Leichnam wird vom Podest gehoben und fortgebracht. Ein Funktionär wird aus der Menge gezerrt, auf das Podest gestellt, die Augen werden ihm verbunden.)

STIMME VON OBEN: Wer unter euch ohne Sünde ist, der werfe den ersten Stein.

(Steinhagel. Der Funktionär stirbt. Sein Leichnam wird vom Podest gehoben und fortgebracht. Ein Funktionär wird aus der Menge gezerrt, auf das Podest gestellt, die Augen werden ihm verbunden.)

STIMME VON OBEN: Wer unter euch ohne Sünde ist, der werfe den ersten Stein.

(Steinhagel. Der Funktionär stirbt. Sein Leichnam wird vom Podest gehoben und fortgebracht.
Usw., bis alle Steine oder Funktionäre verbraucht sind.

Vorhang)

ZWEITE KARRIERE

(Österreich. Windstille. Der Exbundeskanzler Schüssel tritt von links auf. Er ist ärmlich gekleidet und setzt unter großer Anstrengung einen Fuß vor den anderen. Den rechten Unterarm hat er schützend vor die Stirn gelegt, so als kämpfe er gegen einen gewaltigen Sturm.)

SCHÜSSEL: Blast, Winde, sprengt die Backen! Wütet, blast!
    Ihr Katarakt' und Wolkenbrüche, speit,
    bis ihr die Türm' ersäuft, die Hähn' ertränkt!
    Ihr schweflichten, gedankenschnellen Blitze,
    versengt mein weißes Haupt! Du, Donner, schmetternd,
    rassle nach Herzenslust! Spei', Feuer! Flute, Regen!

(Er stürzt. Nachdem er sich mit Mühe wieder aufgerichtet hat:)

SCHÜSSEL: Doch nein! Euch, Elemente, schelt' ich nicht!
    Nicht ihr wart die Minister, nicht an euch
    vergab ich Posten, Kabinett nannt' ich nicht euch!
    Euch nur fluch' ich, Grasser, Strasser, Bartenstein,
    dir, Gorbach! Ach! Als ob der Mund zerfleischte
    diese Hand, weil sie ihm Nahrung bot!
    Euren alten, guten Kanzler, des freies Herz
    euch alles gab – oh, auf dem Weg liegt Wahnsinn!

(Pause. Fortdauernde Windstille. Schüssel beginnt wieder zu gehen, weiter wie gegen einen Sturm kämpfend.)

SCHÜSSEL: Doch, Elemente, hatt' ich andre Wahl?
    Im Argen lag das Land, die roten G'frießer
    hatten Anteil an der Macht. Lord Dichand
    wollt', dass es so bleibt. Ich widerstand,
    und dafür lobten mich der Denker Vornehmste
    des Lands, die heut' mich schmähen und verhöhnen.
    Zu privatisieren war so manches,
    Buwog, Telekom und Post und Bahn,

und gab's im Lande, sagt mir, Elemente,
einen nur, dem eher man vertrauen
hätte können als Fürst Jörg von Kärnten?
War nicht er der einzig Unbestechliche?
Sein Gefolge nicht seit je ein Muster
höchster Ehrbarkeit, vergleichbar nur
meinen Getreuen?
(Mit Blick zum Himmel:)
　　　　　Ach, ich bin ein Mann,
an dem man mehr gesündigt, als er sündigte.

*(Er stürzt wieder, bleibt einige Sekunden liegen, steht dann auf, klopft
sich den Staub von der Kleidung und blickt sich um.)*

SCHÜSSEL: Nun, Narr, wie war's? Ich denke, ich war gut.
Vielleicht ein wenig mehr an Pathos noch
an manchen Stellen, doch ansonsten: gut.
Ich werd' in Oberzeiring reüssieren
nächstes Jahr und besser sein noch als
der beste Shakespeare, so den Grundstein legen
für die große zweite Karriere.
Denkst du nicht auch, Narr?
(Er blickt sich nach allen Richtungen um.)
　　　　　He! Wo bist du?!
Fort. Auch er.
(Er setzt sich.)
　　　　　Mein treuer Narr, mein Morak,
fort. Nur er war noch geblieben. Sei's!
Geh er! Ich will beten und dann schlafen.
Kein Schauspiel mehr! Das Land, mag es verrecken!
Ich will sein ein Muster aller Langmut,
sein wie immer, will nichts sagen.

(Ab. Anhaltende Windstille.

Vorhang)

Material: William Shakespeare, *König Lear*

BEI EADS

Im Andenken an Wolfgang Bauer

*(Büro bei EADS. Der Leiter der Abteilung »Eurofighter für Österreich«
an seinem Schreibtisch.)*

ABTEILUNGSLEITER *(spricht in die Gegensprechanlage)*: Schrau
Schauer, schum Schiktat schitte!

*(Die Tür geht auf, eine Sektretärin mit Notizblock tritt ein und setzt
sich dem Schreibtisch gegenüber.)*

ABTEILUNGSLEITER: Schnd schenken Schie scharan, schur
Scheheimsprache. Scheind schört schit!

SEKRETÄRIN: Schelbstverständlich.

ABTEILUNGSLEITER: Schut. Schehmen Schie schuf.

(Die Sekretärin beginnt mitzuschreiben.)

ABTEILUNGSLEITER: Lieber Lollege! Lch lin lüngst lei ler Lektüre les Lichters Lolfgang Lauer – lch lage la, Lesen lahlt lich
lus – luf line lefinkelte Leheimsprache lestoßen, lie ls lns
löglich lacht, lnsere Lorrespondenz letreffend lie Lmiergeld-
zahlungen lezüglich les Lurofightergeschäfts lit Lsterreich
lo lu lerschlüsseln, lass leine Ltaatsanwaltschaft ler Lelt las
lechiffrieren lönnte. Litte lenutze luch lu ln leinen Lriefen
liese Leheimsprache, lndem lu lie lrsten Luchstaben ledes
Lortes lurch lin L lrsetzt. Lo, lun lum Leschäft: Lie lind lie
Lusammenkünfte lit Loktor Lüssel lnd Loktor Laider ler-
laufen? Lonntest lu las Leschäft lndlich lbschließen? Lnser
Lonzern lill lämlich licht loch leitere Lillionen ln lrgendwel-
che Lumpen lumpen, linmal luss Lluss lein! Lag lhnen las!
Lerzliche Lrüße, lein L.
L.l.: Lrüße luch lnseren lieben Lreund Lensdorff-Louilly.
(Zur Sekretärin:) Schaben Schie schas?

SEKRETÄRIN: Schawohl.

ABTEILUNGSLEITER: Schaben Schie schen Schnhalt schieses Schreibens scherstanden?

SEKRETÄRIN: Schein.

ABTEILUNGSLEITER: Schut. Schanke.

(Sekretärin ab.

Vorhang)

Material: »Eurofighter: Lobbying bei ›Lüssel‹ und ›Laider‹«, *Die Presse*, 21. 2. 2014
Wolfgang Bauer: »Streng geheim!«

STRONACH, AUTORISIERT

(Redaktion eines Wochenmagazins. Eine Redakteurin. Das Telefon läutet. Sie nimmt das Gespräch an.)

REDAKTEURIN: Innenpolitik.

FRAUENSTIMME AM TELEFON: Büro Team Stronach. Es geht um die Autorisierung des Interviews.

REDAKTEURIN *(seufzt)*: Sie wissen schon, dass das ein Witz ist, was Sie da verlangen.

FRAUENSTIMME: Dazu darf ich nichts sagen. Aber es handelt sich nur um Kleinigkeiten. Können wir?

REDAKTEURIN *(nimmt ein Manuskript und einen Bleistift)*: Bitte.

FRAUENSTIMME: Gleich bei der ersten Frage, »darf ich Ihnen ein paar Fragen stellen«, ist die Antwort: »Einen Tritt in den Orsch kannst du haben.« Da gehört statt »Orsch« »Allerwertesten«.

REDAKTEURIN *(notiert es.)*

FRAUENSTIMME: Frage vier. »Angenommen, Sie werden Bundeskanzler, was würden Sie in Österreich verändern?« Antwort: »Das geht dich einen Scheißdreck an!« Statt »Scheißdreck« bitte »feuchten Kehricht«. Und kein Rufzeichen, nur Punkt.

REDAKTEURIN *(notiert es)*

FRAUENSTIMME: Und bei der letzten Frage, »halten Sie es für richtig, dass Journalisten Interviews mit Ihnen vor Drucklegung von Ihrem Büro autorisieren lassen müssen«, ist die Antwort –

REDAKTEURIN: – »Allerdings.« Was soll da verändert werden?

FRAUENSTIMME: Muss heißen: »Allerdings, Dreckschleuder!«

(Vorhang)

SYSTEM BURGENLAND

(Ein Casino im Burgenland. Beim Roulettetisch der Landeshauptmann Niessl und der Landesrat Darabos.)

CROUPIER: Ihre Einsätze bitte.

NIESSL: Hundert auf Blau.

CROUPIER: Das ist leider nicht möglich. Es gibt nur Schwarz oder Rot.

NIESSL: Eben nicht. Schwarz und Rot hat ausgedient.

CROUPIER: Aber auf Blau geht nicht! Wenn Sie Rot und Schwarz nicht wollen, setzen Sie auf Zéro. Sehr geringe Wahrscheinlichkeit allerdings.

NIESSL: Blau, habe ich gesagt!

CROUPIER: Ich bitte Sie, Herr Landeshauptmann –

NIESSL: Blau!

(Der Croupier nimmt kopfschüttelnd Niessls Jeton entgegen, legt ihn neben das Tableau und setzt den Roulettekessel in Bewegung.)

CROUPIER: Nichts geht mehr!

(Die Kugel rollt und bleibt auf der Sieben liegen.)

CROUPIER: Sieben, Rot, Ungerade, Niedrig. *(Er streift den Einsatz ein.)* Ihre Einsätze bitte.

NIESSL: Fünfhundert auf Blau!

CROUPIER: Herr Landeshauptmann! Bei diesem Spiel können Sie nicht gewinnen!

NIESSL: Schweigen Sie! Ich weiß, was ich tue! Das System ist perfekt.

(Der Croupier nimmt Niessls Jeton entgegen, legt ihn neben das Tableau und setzt den Roulettekessel in Bewegung.)

CROUPIER: Nichts geht mehr!

(Die Kugel rollt und bleibt auf der Fünfunddreißig liegen.)

CROUPIER: Fünfunddreißig, Schwarz, Ungerade, Hoch. *(Er streift den Einsatz ein.)* Ihre Einsätze bitte.

NIESSL: Tausend auf Blau.

DARABOS: Bist du wirklich sicher, dass das System perfekt ist?

NIESSL: Absolut.

(Der Croupier nimmt Niessls Jeton entgegen, legt ihn neben das Tableau und setzt den Roulettekessel in Bewegung.)

CROUPIER: Nichts geht mehr!

(Die Kugel rollt und bleibt auf der Zweiunddreißig liegen.)

CROUPIER: Zweiunddreißig, Rot, Gerade, Hoch. *(Er streift den Einsatz ein.)* Ihre Einsätze bitte.

NIESSL: Zweitausend auf Blau.

DARABOS: Ich fünfhundert!

(Der Croupier nimmt die Jetons entgegen, legt sie neben das Tableau und setzt den Roulettekessel in Bewegung.)

CROUPIER: Nichts geht mehr!

(Vorhang)

TALENTESHOW

(Talenteshow »Österreich sucht das Triple A«. Auf der Bühne eine Kandidatin.)

KANDIDATIN *(singt, nach der Melodie von Melanie Safkas »What Have They Done to My Song«)*:
Wer hat das A uns zerstört, Ma?
Das dritte A uns zerstört?
Standard & Poor's aus USA
nahmen uns das A, Ma.
In Austria fehlt ein A.

Die Deutschen hab'n noch drei A, Ma,
hab'n immer noch A A A!
Gemeinsam war'n wir SS, SA,
jetzt sind sie Triple A, Ma,
und wir hab'n nur mehr zwei A.

Was wird mit uns nun geschehn, Ma?
Ist es um uns nun geschehn?
Kommen wir alle auf den Hund?
Gehen wir zu Grund', Ma?
Verlier'n am End' noch ein A?

Stufen s' uns runter auf B, Ma,
die Herren aus USA?
Ach, unsre Ruh' ist lang schon hin,
das Leben hat keinen Sinn, Ma,
nicht ohne das dritte A.

(Sie verneigt sich. Applaus. Licht auf die Jurorenbank.)

JURORIN FEKTER: Ein berührendes, durch und durch wahres
Lied. Ich bin sicher, die Märkte werden nun erkennen, dass

wir es ernst meinen mit dem Sparpaket und dass sie sich auf den Handelspartner Österreich jederzeit verlassen können. Ein dickes Plus.

JUROR STRACHE: Auch von mir ein Plus. Ich würde allerdings vorschlagen, die zweite Strophe wegzulassen, um unsere deutschen Freunde nicht vor den Kopf zu stoßen.

JUROR FAYMANN: Ich bin derselben Meinung. Gerade jetzt müssen wir darauf achten, nicht den Anschluss zu verlieren. Trotzdem: Großes Kompliment und Triple Plus.

(Vorhang)

UNTER ZWERGEN

(Vorarlberg. Dämmerung. Lange Schatten. Suchtrupps in roten T-Shirts durchstreifen das Land. Licht auf drei ältere Männer mit Taschenlampen. Sie leuchten in die Fenster der Vorarlberger ÖVP-Zentrale.)

DER ERSTE: Ich wette, sie sind da drin. Eine so grandiose Werbeidee wie Gartenzwerge an Laternenpfählen, das haben sie nicht gepackt, die Schwarzen. Sie haben genau gewusst, wenn die ein paar Tage hängen, haben sie die Wahl verloren. Deswegen haben sie sie gekidnappt.

DER ZWEITE: Hoffentlich tun sie ihnen nichts!

DER DRITTE *(hebt den Arm)*: Still! Ich höre was!

(Sie verstummen. Man hört aus dem Gebäude leise Gesang. Alle stürzen zu einem Kellerfenster.
Verwandlung. Ein Saal. Hunderte von Gartenzwergen sitzen um eine lange Tafel. Sie lachen, trinken und singen.)

DIE ZWERGE: Hei ho, hei ho! / Wir sind vergnügt und froh! / Wir tun nur mehr, was uns gefällt, / das ist uns lieber so! // Hei he, hei he! / Weg von der SPÖ! / Dort hängt man am Laternenpfahl, / hoch droben in der Höh! // Hei hu, hei hu! / Jetzt schütten wir uns zu / und wir trinken Bruderschaft! / Mit Schwarz auf du und du! // Hei he, hei he! / Hoch die ÖVP! / Bald gründen wir den Zwergenbund, / der fehlt dem Land doch eh! // Hei ha, hei ha! / Dann sind wir wieder da! / Einer wird Parteiobmann, / zumindest für ein Jahr!

(Sie prosten, springen von ihren Sitzen auf und tanzen wild, unverständlich weiter singend, durch den Saal.
Verwandlung. Der Suchtrupp vor der ÖVP-Zentrale.)

DER ZWEITE *(entsetzt)*: Die sind überhaupt nicht gekidnappt worden! Die sind übergelaufen!

DER ERSTE: Schweine!

DER DRITTE: Unglaublich! Aufg'hängt g'hört sowas! An die nächste Latern' mit ihnen!

(Vorhang)

Material z. B.: »Vorarlberg: SPÖ verdächtigt ÖVP des Zwergenklaus«, *Die Presse*, 25. 8. 2014

AUSKUNFT

(Wien, Rotenturmstraße. Später Nachmittag. Die Herren Hochegger, Scheibner und Birnbacher gehen Richtung Schwedenplatz. Ein Tourist tritt zu ihnen.)

TOURIST: Pardon. Ich will zur Oper. Wie komme ich da hin?

SCHEIBNER: Am einfachsten, Sie gehen die Rotenturmstraße hinauf bis zum Stephansplatz, über den Stephansplatz drüber in die Kärntner Straße und die Kärntner Straße hinunter, dann sind Sie praktisch da. Oder Sie gehen in die andere Richtung zum Schwedenplatz und steigen in die U 1 und fahren zwei Stationen bis zum Karlsplatz, das ist noch schneller.

HOCHEGGER: Aber so angezogen können Sie unmöglich in die Oper! Ich würde Ihnen empfehlen eine dunkle Levis, dazu weißes Hemd, dezente blaue Krawatte, darüber ein oranges Sakko, Prada eventuell, zur Not Tommy Hilfiger. Schuhe, würde ich sagen, einfache schwarze Slipper, kriegen Sie gleich ums Eck bei Midanis. Einverstanden?

TOURIST: Ich überlege es mir, danke. *(Will ab.)*

HOCHEGGER *(hält ihn zurück)*: Momenterl noch. Das macht 21.600 Euro.

TOURIST *(baff)*: Pardon?

HOCHEGGER: Soviel kostet eine Stilberatung.

SCHEIBNER: Und ich kriege 60.000. Weil Sie's sind. Sie können in Monatsraten zahlen, wenn Sie wollen, zwölf mal 5.000.

TOURIST: Das werde ich nicht tun!

BIRNBACHER: Wird Ihnen aber nichts anderes übrigbleiben.

Bitte, gegen das Stilberatungshonorar können wir vielleicht etwas unternehmen, wenn wir sagen, das war eine freiwillige Leistung vom Herrn Hochegger, aber an den Herrn Scheibner sind Sie persönlich herangetreten und haben um Beratung gebeten. Da kommt ein mündlicher Vertrag zustande, die Honorarhöhe ist die ortsübliche, da fahrt die Eisenbahn drüber.

TOURIST: Aber das ist doch –

BIRNBACHER: Beruhigen Sie sich, Sie können alles von der Steuer absetzen. Sonderausgaben, Werbungskosten, da fallt uns schon was ein.

TOURIST: Danke, aber –

BIRNBACHER: Nichts zu danken. Sechs Millionen krieg' ich.

(Vorhang)

Material: Österreichische Tagespresse, 2. bis 4. 10. 2013

VERSÖHNUNGSREDE

(Festsaal. Redner tritt ans Pult.)

REDNER: Meine sehr geehrten Damen und Herren, ich möchte Ihnen heute an dieser Stelle, und wenn ich an dieser Stelle »ich« sage, »ich möchte«, dann meine ich damit nicht mich allein, sondern ich meine uns alle, die wir hier zusammengefunden haben, um endlich einen Schlussstrich zu ziehen und ihn gemeinsam zu ziehen, nachdem wir uns so lange gegenüber gestanden sind in unversöhnlich scheinender Gesandtschaft, aber auch – leugnen wir es nicht – in schicksalhafter Verstrickung. Die Zeit ist gekommen, die Akte zu schließen, die Instrumente neu zu stimmen und aufeinander zuzugehen in stolzer Demut, mit offenen Armen und Herzen, die Hände ausgestreckt zur Versöhnung, denn gesenkten Blicks zwar, doch erhobenen Haupts blicken wir zurück auf jene verhängnisvollen Jahre, in denen wir, verführt von einer Heilsbotschaft, deren Erbe wir immer noch im Banne unserer Jugend zu verspüren meinen, nur im Verborgenen vorausschauen durften auf ein gemeinsames Wirken. Dieses Übergreifende aber, von dem viele von uns bis heute nur stammelnd zu sprechen wagen, und dem wir doch, wie wir alle wissen, alles, was wir geworden sind, verdanken, auf dem all unsere Werte gründen und ohne das ich – jawohl, ich sage »ich«, wenngleich in der Überzeugung, dass auch ein »wir« an dieser Stelle seine Berechtigung hätte –, ohne das ich also, wie mir trotzig immer bewusst gewesen ist, nicht hier vor Ihnen stehen und zu Ihnen sprechen könnte, dieses Übergreifende ist ja nichts anderes, als was wir, auch auf die Gefahr hin, der Frivolität geziehen zu werden, Heimat nennen, jene Heimat, die, nach einem Wort von Ernst Bloch, allein in der Niederkunft der Utopie resistibel wird und nun schützend ihre Schwingen breitet über die Fahrlässigkeiten unserer Adoleszenz.

Es war mir, seit ich als junger Mann diese Entscheidung getroffen habe, stets ein Anliegen, diesen Kampf zu führen, nicht allein für uns Einzelne, sondern mehr noch für das Werden der Gemeinschaft, unbeschadet, ob dem eigenen Lager zugehörig oder dem des politischen Gegners, nicht nur in den Jahren wirtschaftlicher Blüte, in denen wir dazu neigen zu vergessen, dass das Eigentliche, das uns ausmacht, nicht aus sich selbst entsteht, sondern auch in solchen der Krise, der vermeintlichen Entwürdigungen und Verwerfungen, wie sie viele von uns schmerzhaft erfahren mussten in den Kerkern eines vorab verordneten Denkens und hinter den Mauern eines wohl nur in Ausnahmefällen selbstverschuldeten Verrats. Schon damals haben wir mit vielen Zungen, doch wie aus einem Mund ein lautstarkes »Vergesst!« in die Welt gerufen, wissend, dass, wenn wir von Fortschritt sprachen, immer auch Schuld gemeint war und dass dennoch die Leben so vieler nicht umsonst gelebt sein durften, wie man uns allzu lang weiszumachen versucht hat. Nur wer die Linien nachzuzeichnen gewillt ist, die die Nadel der Geschichte in das Leder der Felle gekerbt hat, die uns allzu oft davonzuschwimmen drohten, wird ermessen können, wie schwer es fallen mag, die Hand auszustrecken und auf jene zuzugehen, die bei der Jagd nach Glück auch selbst immer wieder ins Straucheln kamen. Sie zu halten, ihnen unsere Arme und Herzen zu öffnen, muss darum unser erstes Ziel sein, und wir dürfen uns dabei nicht – denn wer kennt nicht das Schwären im Blätterwald, zumal wenn hinterrücks ein trügerischer Frühling am Horizont auftaucht? – in uns selbst verpuppen, wie es schon einmal geschehen ist in den genannten Jahren, mit denen für alle Zeiten abzuschließen wir hier und heute angetreten sind.

Aber, so werde ich immer wieder gefragt, ist es tatsächlich so? Sind wir, so unumwunden schreitend, tatsächlich auf dem richtigen Weg? Warum nicht zurückblicken? Ist nicht gerade in der Rückschau ein unverstellter Blick ins Überall verborgen? Nicht alles, was gewesen ist, ist ja vakant, und gerade in der Kehrtwendung entäußert sich oft der Aberwitz des Eros. Ist tatsächlich Barack Obamas richtungweisender Ruf »Yes, we can!« die Stromschnelle, der wir unser Unterbreiten anvertrauen sollten, müsste der Ruf nicht eher lauten: »Yes, maybe«? Viele sind anderer Ansicht, ich aber sage, nein, ich sage, mehr als das! Blicken wir zurück, mutig und ohne Scham, denn vieles, was verloren gegeben wurde, ist da zu entdecken. »Omnes cum habent, cuique et datur«, ruft uns aus scheinbar längst vergangen geglaubter Zeit der kaiserliche Philosoph Marc Aurel zu, frei übersetzt: »Nur dem, der zu nehmen versteht, wird auch gegeben werden«. Welcher Satz könnte heute aktueller sein, welches Wort treffender mit ausdrücken, was unsere vordringliche Aufgabe zu sein hat: Aufeinander zuzugehen, mit offenen Armen und Herzen, und mit ausgestreckten Händen zu sagen: »Siehe, ich bin bereit zu nehmen, was du gibst«.

Meine sehr geehrten Damen und Herren, ich möchte Ihnen heute an dieser Stelle, und wenn ich an dieser Stelle sage »an dieser Stelle«, dann meine ich auch »an dieser Stelle«, denn kein Ort könnte geeigneter sein. Hier sind – ja, sprechen wir es aus –, hier sind schon vor dem Einsturz so mancher Gedankengebäude Sprengsätze detoniert und haben sich für immer in unsere Erinnerung gebrannt, hier hat aber auch Jahrzehnte vorher Gustav Klimt sein Manifest »Ans Kreuz mit ihm!« erstmals öffentlich vorgelesen, hier hat nicht zuletzt der Sage nach Karl der Große seinen Fuß auf das Gesicht der Heiligen Walpurgis gestellt und damit die Befreiung des Heiligen Römischen Reiches eingeleitet. Ihm gilt es nachzueifern, wie er wollen wir mit offenen Armen und Herzen aufeinander zugehen, in gegenseitiger Durchdringung und Befruchtung. Fürchten wir nicht das Neue, Unerhörte, das da ostwärts über den Horizont zu uns her schwappt, sondern begreifen wir es als Chance, die sich uns gerade durch das Unaussprechliche einer solchen medialen Evolution bietet, uns allen gleichermaßen, ohne Ansehen von Herkunft und Hautfarbe, Geschlecht und Charakter, mit der Wucht einer Riesenwelle, doch ohne deren zerstörerische Kraft, die jedes und jede mitreißt. »In vitro!« tönt heute allerorten der Ruf von den Dächern immer höher in den Himmel wachsender Gebäude, und »Jedermann!« echot es zurück aus den Gärten der Umstehenden.

Ist aber, das ist die Frage, die ich mir und Ihnen hier und heute immer wieder stellen muss, wirklich das Unversöhnliche so sehr in uns eingeschrieben, dass wir die Nacht vor Augen nicht sehen, die auf ein unerkanntes Morgen zu ihre mächtigen Tentakel nach uns ausstreckt? Wir sprechen heute nur allzu gern von Europa, Begriffe wie »Vereinte Nationen« führen wir im Mund, als wäre nichts alltäglicher, aber wir bleiben doch absichtslos in unserer Vereinzelung, wenn wir den Weg nicht finden zur Metamorphose. »Bedrohlich gähnt das Absolute, wo Charisma fehlt«, wusste schon Elias Canetti, und mag das auch ein wenig akademisch klingen, wir werden nicht aufeinander zugehen können, wenn wir nicht akzeptieren, dass auch das Schwierige, ja Unerhörte über uns hereinbrechen darf, ohne Schaden zu nehmen. Es heißt nicht, das Rudimentäre strapazieren, wenn wir ja sagen zu notwendigen Entwicklungen, ja zur Osmose, ja zur Plasmase, sofern sie einem gesunden, gesellschaftspolitischen Zusammenhang sich erschließen, als die Durchlässigkeit unseres Denkens für alles Antizipierte und Deviante, möge es auch von Seiten einer uns auf den ersten Blick hassenswert scheinenden ideologischen Wahrnehmung kommen. Dann nämlich und nur dann kann es gelingen, die Türen offenzuhalten, statt sie zuzuschlagen gerade vor den kleinen, unmerklichen Gesten der Versöhnung, deren wir so dringend bedürfen, nur so können wir im Wortsinn die ausgestreckten Hände ergreifen, um mit offenen Augen und Herzen auf einander zuzugehen und zu verhindern, dass wir uns, wie Lichtenberg es ausdrückt, selbst am Ufer der Vernunft ins Lächerliche ziehen.

All das, meine Damen und Herren, das sagt mir eine atavistische Zuversicht, wird uns gelingen, wenn wir uns über eines in jedem Augenblick, mit jedem Atemzug im Klaren sind: Mögen wir auch noch so viel Energie verwenden an unser tägliches Erleben, solange wir nicht immun sind gegen den Zugriff solipsistischer Tendenzen und bereit, offenen Auges und Herzens zurückzukehren zum Ich, dieser letztlich einzigen moralisch unverbrämten Instanz, wird immer ein Rest von Selbstüberhebung uns daran hindern, die Erbschaft anzutreten und so unserer Jugend zu ermöglichen, endlich den Lethefluss zu überqueren und sich bedächtig niederzulassen in der Niemandsbucht des neuen Jahrtausends. Wo der Acker nicht mehr bestellt wird, kann auch das Rettende nicht wachsen, und wenn wir nicht wie Fährtensucher auch die Niederungen des allzu Relativen aufmerksam durchforsten, wird uns manches entgehen, was uns an Marschgepäck geblieben ist aus den bitteren Jahren unserer Entzweiung.

Meine sehr geehrten Damen und Herren, ich möchte Ihnen heute an dieser Stelle, und wenn ich an dieser Stelle sage »heute«, dann meine ich auch heute, denn heute ist ein besonderer Tag. Es ist ein Tag, der in die Geschichte eingehen wird künftig nicht mehr als der Tag der ersten Niederlage Napoleons vor den Toren St. Petersburgs, auch nicht als der Tag der Verkündigung der Enzyklika »De eo ipso« durch Papst Johannes XXIII., so bedeutend all das scheinen mag, sondern als der Tag, an dem es erstmals gelungen sein wird, aus der Erkenntnis einer leidvollen Abweisung unserer ureigensten Geschichte ein Raster zu filtern, das, festgemacht an den Fluchtpunkten unserer Vernunft, uns davor bewahren kann, im Strudel der wachsenden Emotion zu versinken. Verantwortung heißt das wundersame Elixier, das uns aus jeder Faser der ebenso respektgebietenden wie filigranen Konstruktion, die wir, wie wir gesehen haben, oft zu unbedacht und fast gewaltsam »Heimat« nennen, entgegenströmt, Verantwortung ebenso uns selbst wie der Gemeinschaft gegenüber, die da aus einem kleinen Häufchen Andersdenkender eben sich zu bilden anschickt. Viel

Unüberliefertes ist hereingebrochen über die Bastionen, die unsere Altvorderen errichtet haben gegen den Unmut der Gezeiten, manch schöner Traum ist versunken und erstickt im Treibsand geopolitischen Wahnsinns, wir können es nicht ändern. Was wir nur tun können, ist, an den Fassaden rütteln, die wie ein schleichendes Gift jedwede Reminiszenz bedrohen, was wir tun können, ist, an der Patina kratzen, mit der ein Heer von falschen Propheten noch die einfachsten Immunitäten zu überziehen wünscht, was wir tun können, ist, in stiller Selbstbeobachtung unsere Pflicht tun und die Effizienz unserer Emphase Tag für Tag evaluieren, was wir tun können, ja, tun müssen, ist, nicht die Augen verschließen vor einander, sondern mit offenen Armen und Herzen auf einander zugehen, die Hände ausgestreckt zur Versöhnung, eingedenk Grillparzers Wort aus seinem Radetzkymarsch: »Willst du? Ich will.«

(Redner verneigt sich und verlässt das Pult.

Vorhang)

DER HEIMKEHRER

(Ufer des Millstätter Sees bei Sonnenaufgang. Postkartenidyll. Auf einem Felsen nah dem Ufer der Seefahrer und Abenteurer Sindbadnig, rauchend. Er trägt Jeans, eine Trachtenjoppe und einen Hut mit Gamsbart. Versonnen blickt er über das Wasser. Weit draußen zwei Schwimmerinnen.)

SINDBADNIG *(Gedankenstimme)*: Endlich, endlich! Ach, Erlösung, wieder hier zu sein! Was für ein Narr bin ich gewesen! Ein Narr, jawohl, nichts weniger als ein Narr! Nur ein Narr konnte so närrisch sein, die liebreizende Heimat zu verlassen, bloß um sich umzutun draußen auf den Weltmeeren! Aber nun: Nie wieder! Hier ist mein Platz, hierher gehöre ich, hier will ich bleiben! Niemals wieder will ich –

(Die Schwimmerinnen sind nähergekommen. Er bemerkt sie.)

SINDBADNIG *(Gedankenstimme)*: Ach, anbetungswürdige Frauen der Heimat! Wieviel Anmut, wieviel Weisheit liegt in diesen harten und doch sanften, stolzen und doch ergebenen Gesichtern! In der ganzen weiten Welt sucht man vergeblich euresgleichen! Näher zu mir, ihr Frauen, näher! Sprecht zu mir, göttliche Geschöpfe, lasst mich eure lieblichen Stimmen hören, gönnt mir den Engelsklang eurer Worte, den ich so vermisst habe draußen im Sturmwind der Fremde! *(Er lauscht. Die Frauen schwimmen schweigend an dem Felsen vorbei. Schon will sich Sindbadnig wieder abwenden, als:)*

DIE JÜNGERE FRAU: Mama?

DIE ÄLTERE FRAU: Jo?

DIE JÜNGERE FRAU: Des Weta is heite wieda deaoatig supa.

DIE ÄLTERE FRAU: Jo.

DIE JÜNGERE FRAU: Und die Wosatemparatua, optimal.

DIE ÄLTERE FRAU: Jo.

(Sie schwimmen weiter.

Lange, sehr lange Pause.)

SINDBADNIG *(nimmt den Hut ab und legt ihn neben sich. Gedankenstimme)*: Und doch ... Ach, ich kann es spüren, auch dieses Mal ist meines Bleibens nicht ... Warum nur, warum? Woher dieser Stachel, der mich, kaum dass ich heimgekehrt, zum Aufbruch drängt? Schon fühle ich, wie der Narr in mir erwacht, und morgen früh, ich weiß es, beim ersten Sonnenstrahl wird er mich niederzwingen, und ich werde hinaustreten und ein neues Schiff ausrüsten, eine mutige Mannschaft anheuern, morgen schon wird mir von neuem –

(Vorhang)

HINTERBÄNKLER (FPK)

(Sitzung des Landtagsklubs der Freiheitlichen Partei Kärntens.)

KLUBOBMANN: Nächsten Freitag nicht vergessen Sondersitzung wegen vorgezogener Neuwahl, also bitte wieder geschlossen ausziehen wie gehabt.

(Heiterkeit)

KLUBOBMANN: Sehr lustig. Geschlossen den Saal verlassen, meine ich. Alles klar?

ERSTER HINTERBÄNKLER: Gor nix is' klor! Wir sein do jetzt schon zehnmal außegongen, ich meine, dos geht jo nicht so weiter!

KLUBOBMANN: Du hast natürlich recht, demokratiepolitisch ist das bedenklich, aber –

ERSTER HINTERBÄNKLER: Geh vaschwind, demokratiepolitisch! Es is' nicht unsere Aufgobe, darum geht's!

ERSTE HINTERBÄNKLERIN: Genau! Wir hoben zum dositzen und obstimmen, dafür sein mir engagiert, nicht zum Ausziehen!

ZWEITE HINTERBÄNKLERIN: Wos mir Kilometer mochen! Meine Schuach konn i wekhaun! Muass i wieder Udine fohren! Wos dos kostet!

ZWEITER HINTERBÄNKLER: Dos gehört renumero-, remuni- –

ERSTER HINTERBÄNKLER: Obgegolten!

ERSTE HINTERBÄNKLERIN: Jowohl! Dos is' eine Sonderleistung!

KLUBOBMANN: Ich verstehe. Ich bitte um Ruhe. Ich werde euer Anliegen bei der Parteiführung vorbringen. Wärt ihr mit einer Einmalzahlung von zehntausend Euro einverstanden?

ERSTER HINTERBÄNKLER: Fuchzehn!

(Vorhang)

ERSTES DATE

(Bezirksstadt in Kärnten. Kaffeehaus. An einem der Tische ein Mann Mitte vierzig und eine etwa gleichaltrige Frau. Zwei Gläser Rotwein. Gespräch im Gange.)

DER MANN: Olso, Sie sein Vegetarierin?

DIE FRAU: Ja. Sie doch auch, oder? In Ihrer Antwort auf meine Annonce haben Sie –

DER MANN: Sicher! Sicher bin ich Vegetarier! Olso, so gut wie. Weil, ich meine, gach amol ein Schnitzel, kummt man jo nicht aus ... Sie kennen dos sicher ... In Gesöllschoft ... Firmenessen ... Olle bestölln ein Schnitzel ... Man hot eine schlechte Nochrede, wenn man sich nicht onpasst.

DIE FRAU: Essen Sie doch gebackenen Emmentaler. Der sieht fast genauso aus.

DER MANN *(lacht)*: Kas? Na, mit Kas kennen Sie mi jogn! *(Wieder ernst:)* Am ehesten gehn Nudelvariationen.

DIE FRAU: Sind da nicht immer auch Fleischnudeln dabei?

DER MANN: Dos is mehr so Faschiertes, ka richtiges Fleisch.

DIE FRAU: Na hören Sie!

DER MANN: Na na ... Des is nix. Ein richtiges Fleisch, soll ich Ihnen sogn, wos ein richtiges Fleisch is? Worn Sie amol beim Mitterbauer? Mölltol hintn eine. Mitterbauer. Dos is ein Fleisch, mein lieber Schwan! Eigene Fütterung! Eigene Schlochtung! Wonn du diesen Speck isst, konnst du praktisch sogn, dos wor die und die Sau, die hot so und so ghaßn!

DIE FRAU *(wird bleich)*

DER MANN: Verstehn Sie mich recht, ich esse kaum amol Fleisch, oba beim Mitterbauer ... Miass ma amol zommen einefohrn ... Die Schlochtplottn beim Mitterbauer ... Picobello Presskopf ... Die Leberwurscht ...Ein Gedicht ...

DIE FRAU *(wird noch bleicher)*

DER MANN: Kennt kaum wer, den Mitterbauer. I waß sölwa aa lei von Walter. Da Walta, waßt, Tierorzt. Fleischbeschauer. Der vasteht wos von Fleisch, do konnst du Gift drauf nehmen. Bringt gach amol Sochn ham, waßt, wos ma nit derf vakafn. Stiereier zum Beispül. Olso, Stierhoden. Host du amol 'gessen Stierhoden? I, waßt eh, i mog echt ka Fleisch, oba Stierhoden ... Muass ma amol 'gessen hobn ... Alan die Konstistenz ... Gonz eigenortige Konsistenz ...

DIE FRAU *(springt auf und rast zur Toilette)*

DER MANN *(blickt ihr nach, dann auf seine Uhr. Zur vorbeieilenden Kellnerin)*: Geh, bring noch zwa Achtelen. Und zwa Solot.

(Vorhang)

TRAURIGE DIALOGE
1. WELTENDE

Im Andenken an Jakob van Hoddis

(Das Strandbad in Klagenfurt an einem Dezembernachmittag 2012, leer bis auf, am Ende des Steges, zwei in die Jahre gekommene Beachvolleyball-Nachwuchsspieler. Sie tragen dunkle Brillen, Helme und Eishockeydressen und starren aufs Wasser.

Pause)

DER ERSTE: Imme?

DER ZWEITE: Immanuel haß i.

(Pause)

DER ERSTE: Immanuel? Manst du, dos woa gscheit, umsottln?

DER ZWEITE *(schweigt)*

DER ERSTE: I man, nit.

DER ZWEITE: Wuascht.

(Pause)

DER ERSTE: Immanuel?

DER ZWEITE *(schweigt)*

DER ERSTE: Manst du, dos is wohr, doss wead untergehn Wölt am Anezwanzigstn?

DER ZWEITE: Wer sogt?

DER ERSTE: Maya.

DER ZWEITE *(lacht)*: De wead wissn …

DER ERSTE: Nit Haderlap! Maya-Indiana!

DER ZWEITE *(lacht)*: De weant wissn …

(Lange Pause)

DER ERSTE: Oba wenn, sog ma, war wohr und tat untagehn Wölt am Anezwanzigstn: Auf wos fia a Weis, manst du, tat untagehn Wölt?

DER ZWEITE: Waß nit.

DER ERSTE: Manst du, Sunn tat folln vom Himml?

DER ZWEITE: Konn sein. Wuascht.

(Pause)

DER ERSTE *(niest)*

(Pause)

DER ERSTE: Schnupfn kriag i.

*(Pause.
Sie starren aufs Wasser.
Fern der Schrei eines Blässhuhns.*

Vorhang)

2. PRINZIP HOFFNUNG

(Das Strandbad in Klagenfurt am Silversternachmittag 2012, leer bis auf, am Ende des Steges, zwei ehemalige Beachvolleyball-Nachwuchsspieler in Eishockeyausrüstung. Sie starren aufs Wasser.)

DER ERSTE: Imm- ... Immanuel?

DER ZWEITE *(schweigt)*

DER ERSTE: Manst du, ob heia noch wead zuagfriern See?

DER ZWEITE *(schweigt)*

DER ERSTE: I man, nit.

(Pause.

Fünf junge Männer in Eishockeyausrüstung betreten das Strandbad. Sie überqueren die Liegewiese, bleiben am Ufer stehen und starren aufs Wasser.)

DER ERSTE: Weiber seint aa kane.

DER ZWEITE: Im Winter seint nia. Weiber wolln bodn.

DER ERSTE: Schon. Ober eislafn wolln aa. Wonn war zuagfrorn See, warn Weiber.

(Pause.

Sechzehn junge Männer in Eishockeyausrüstung betreten das Strandbad. Sie überqueren die Liegewiese, bleiben am Ufer stehen und starren aufs Wasser.)

DER ERSTE: Mia kummt vua, a bissele wead költer.

DER ZWEITE: Konn sein.

(Der erste nimmt den zwischen ihnen liegenden Puck und schleudert ihn ins Wasser. Der Puck geht unter.)

DER ZWEITE: Spinnst?

DER ERSTE: I hob gmant, is schon zuagfrorn.

(Pause.

Es beginnt zu dämmern. Eine Silvesterrakete explodiert in der Ferne. Dreiundvierzig junge Männer in Eishockeyausrüstung betreten das Strandbad. Sie überqueren die Liegewiese, bleiben am Ufer stehen und starren aufs Wasser.

Vorhang)

3. NSA

(Das Strandbad in Klagenfurt an einem Spätsommerabend 2013, menschenleer, bis auf, am Ende des Steges, zwei ehemalige Beachvolleyball-Nachwuchsspieler in Eishockeydressen, auf den Winter wartend. Sie werfen Kieselsteine ins Wasser. Lange Pause, dann:)

DER ERSTE: Imme?

DER ZWEITE *(verdreht die Augen)*: Wia haß i?

(Pause)

DER ERSTE: Immanuel?

DER ZWEITE: Hm?

DER ERSTE: Manst du echt, doss diese En-Es-A –

DER ZWEITE: Ej.

DER ERSTE: Ej? Wos ej?

DER ZWEITE: En-Es-Ej. Wonn schreibn A, Amerikaner sogn Ej. Wonn sogn A, is U. Schreibn tuan Hut, ober sogn Hat.

DER ERSTE: Na. Sogn Het.

DER ZWEITE: Jo, wonn is Huat. Donn schreibn Hat, ober sogn Het. Ober wonn redn von Hittn, schreibn Hut, sogn Hat. Wonn tatn sogn En-Es-A, tatn schreibn En-Es-U, tatn redn von deitsche Neonazi.

DER ERSTE: Geh! En-Es-U! Auto! Super-Auto, En-Es-U Prinz! I gsegn im Oldtimer-Museum.

DER ZWEITE: Jo, schon. Is fost gleich. Oba Amerikaner, wonn tatn redn von Auto, tatn sogn En-Es-A Prins.

(Lange Pause.
Sie werfen Kieselsteine ins Wasser.)

DER ERSTE: Immanuel?

DER ZWEITE: Hm?

DER ERSTE: Manst du echt, doss diese En-Es-Ding, doss de olles wissn?

DER ZWEITE: Sicher.

(Pause)

DER ERSTE: Manst du, de wissen aa, doss i am Sunntog mit da Nadine waßt eh?

DER ZWEITE: Sicher.

(Pause)

DER ERSTE: Manst du, doss donn da Gerold waaß aa?

DER ZWEITE *(nach kurzem Überlegen)*: Glab i nit.

DER ERSTE: Sicher nit?

DER ZWEITE: Na na.

(Pause.

Sie werfen Kieselsteine ins Wasser.

Lange Pause.

Vorhang)

4. NO IRON MAN

*(Das Strandbad in Klagenfurt an einem regnerischen Junivormittag
2013, menschenleer bis auf, am Ende des Steges, zwei ehemalige Beachvolleyball-Nachwuchsspieler, der eine im Radfahrerdress, der andere
in schwarzen Jeans, schwarzem T-Shirt, die Haare schwarz gefärbt.
Dem Wasser des Wörther Sees entsteigen während der ganzen Dauer
des Stücks immer wieder, manchmal einzeln, manchmal in Gruppen,
Männer und Frauen in Neoprenanzügen. Sie überqueren schweigend
die Liegewiese und verschwinden im Bühnenhintergrund.
Lange Pause.)*

DER ERSTE: Immanuel?

DER ZWEITE: Hm?

DER ERSTE: Derf i dir wos zagn?

DER ZWEITE: Sicher.

DER ERSTE *(zieht aus der Gesäßtasche ein zusammengefaltetes Blatt
Papier und reicht es dem Ersten)*

DER ZWEITE *(faltet das Blatt auseinander und betrachtet es)*: »No
Iron Man« … Wos is des?

DER ERSTE: Gedicht. Lies weiter.

DER ZWEITE: »Ich kaufte dir zwölf rote Rosn / Tat dich umormen
und liebkosn / Du ober wolltest mich nicht losn / Wolltest
mir auch keinen blosn / Der gonze Schlatz ging in die Hosn
/ So stond ich hier allein, valosn / No Iron Man«.

(Pause. Er liest, stumm die Lippen bewegend, den Text ein zweites Mal.)

DER ERSTE: Und?

DER ZWEITE: Traurig.

DER ERSTE: Eh.

(Pause)

DER ZWEITE *(liest, stumm die Lippen bewegend, den Text ein drittes Mal)*: Is des … Manst du … Manst du do die Patrizia?

DER ERSTE: Wieso die Patrizia?

DER ZWEITE: Ah, den Gerold?

DER ERSTE: Spinnst?! Na!

DER ZWEITE: Wen noacha?

DER ERSTE: Goa niemand! Gedicht! Ollgemein!

DER ZWEITE: Ah, ollgemein … *(Pause. Er liest, stumm die Lippen bewegend, den Text ein viertes Mal)*: Traurig. *(Gibt ihm das Blatt zurück.)* Ober sunst super.

(Vorhang)

5. SPÄTE REUE

(Das Strandbad in Klagenfurt am frühen Morgen nach dem Ende des Beachvolleyball Grand Slams 2014, abfallübersät und menschenleer bis auf, am Ende des Steges, zwei ehemalige Beachvolleyball-Nachwuchsspieler in T-Shirts mit der Aufschrift »Security«. Schweigend starren sie aufs Wasser. Nach einiger Zeit zieht der erste aus der Gesäßtasche ein zusammengefaltetes Blatt Papier und reicht es dem zweiten.)

DER ZWEITE *(faltet das Blatt auseinander und liest vor)*:
»Späte Reie // Heit kenntn am Treppchen gonz obn stehn / mia zwa, da Imme und i, / und kenntn auf olle hinunter sehn, / mia zwa, da Imme und i. // Donn hettn sämtliche Gegner geputzt / mia zwa, da Imme und i, / den Heimvurteil schomlosest ausgenutzt / mia zwa, da Imme und i. // Donn kenntn heit feiern und saufn und pudern / mia zwa, da Imme und i, / doch es totn schon früh ihre Schonsn valudern / mia zwa, da Imme und i. // Es druckten sich vül zu oft vurm Treiniern / mia zwa, da Imme und i. / Do nutzt es auch nichts, wonn jetz sich geniern / mia zwa, da Imme und i. // Zu spät! Eine solche Schons kummt nicht wieder / fia uns zwa, fian Imme und mi. / Es senkt schon die finstare Nocht sich hernieder / auf uns zwa, aufn Imme und mi.«

(Pause)

DER ERSTE: Und?

DER ZWEITE: Guat.

DER ERSTE: Wohl?

DER ZWEITE: Wohl wohl. Guat. Ober kenntest du nit stott Imme Immanuel –

DER ERSTE: Geht nit wegn Versmoß.

DER ZWEITE: Ah, wegn Versmoß.

(Pause.

Er liest stumm das Gedicht ein zweites Mal.)

DER ERSTE: Wohr is ober nit.

DER ZWEITE: Sicher is wohr! G'winnen hett' ma kennen! Wolln hett' ma holt miassn!

DER ERSTE: Hett' ma trotzdem ka Schons g'hobt gegn die Brasilana.

DER ZWEITE: Sicher! Hett' ma geputzt!

DER ERSTE: Nie! Brauchst lei onschaun den aan! Zwa Meter vier!

DER ZWEITE *(nach einer längeren Pause, bitter)*: Wonn ma hettn wolln ... War ma aa dawochsn ...

(Vorhang)

6. EINER MUSS DA SEIN

(Das Strandbad in Klagenfurt in einer Sommernacht 2015, menschenleer bis auf, am Ende des Steges, zwei in die Jahre gekommene Beachvolleyball-Nachwuchsspieler. Sie tragen Stiefel, dunkle Hosen und Jacken mit der Aufschrift »Security« und starren aufs Wasser.)

DER ERSTE: Wead wieder nix passiern, weast segn.

DER ZWEITE: Konn ma nit wissen. Irgendwonn kummt er. Und donn miassn wir do sein. *(Er entnimmt seiner Gesäßtasche ein zusammengefaltetes Blatt Papier und reicht es dem Ersten)*

DER ERSTE *(nimmt das Blatt entgegen und faltet es auseinander)*: Du g'schrieben?

DER ZWEITE *(nickt)*: Fia Geburtstog von Chef.

DER ERSTE *(liest vor)*: »Es hoben die Leit' oft vül schene Sochen, / Computer und Handys und Autos und Schi, / drum wird heitzutoge auch oft eingebrochen, / weil es spitzen drauf Gangster, mein Lieber, und wie! / Ober passen die Leit' drum auf auf die Sochen? / Ich soge dir eines: Nimmer und nie! / Doch einer muss do sein, einer muss wochen, / dos sogt schon Franz Kafka, dos große Genie. / Drum stehn stets zur Seite den Ormen und Schwochen / tatamtatatamta da Imme und i.« Tatamtatatamta?

DER ZWEITE: Is noch nit gonz fertig. Ober sunst?

DER ERSTE *(liest stumm den Text ein zweites Mal, faltet das Blatt zusammen und reicht des dem Zweiten.)* Sunst guat.

DER ZWEITE *(nimmt das Blatt entgegen und verstaut es wieder in der Gesäßtasche)*

DER ERSTE: Ober passiern wead trotzdem nix.

DER ZWEITE: Wort's ob. Irgendwonn kummt er, da Wiana. Und olles wead er uns wegnehmen wolln, olles! Nur wegn der Scheiß-Hypo!

DER ERSTE: Du manst echt, aa den See?

DER ZWEITE: Grod den See. See is dos Wertvollste.

DER ERSTE: Ober wia wüll er obtransportieren?

DER ZWEITE: Bagger.

DER ERSTE *(nachdenklich)*: Bagger ...

(Pause)

DER ERSTE: Du manst, des geht?

DER ZWEITE: Sicher.

(Sie starren aufs Wasser.

Vorhang)

HEIMKEHR

*(Zukunft. Die Bühne Kärnten, menschenleer. Berge und Seen. Winter-
liche Temperaturen. Der Heimkehrer tritt auf. Er legt seinen Rucksack
ab und blickt sich um.*

Lange Pause.)

HEIMKEHRER: Kana do?

STIMME DES VERWESERS *(off)*: Na!

HEIMKEHRER: Wo seint?

VERWESER: Deitschlond.

HEIMKEHRER: Wos tuant?

DES VERWESER: Orbeiten.

HEIMKEHRER: Weiwa aa?

VERWESER: Aa.

HEIMKEHRER: Wos is mit Heisa?

VERWESER: Vakaft.

HEIMKEHRER: Wiaso?

VERWESER: Schulden.

HEIMKEHRER: Wer hot gmocht?

VERWESER: Haider.

HEIMKEHRER: Wer hot gwöhlt Haider?

VERWESER: Kana.

HEIMKEHRER: Gibt's nit.

VERWESER: Gibt's. Konnst frogn.

HEIMKEHRER: Wer hot gekaft Heisa?

VERWESER: Deitsche.

HEIMKEHRER: Und wo seint?

VERWESER: Griechenlond.

(Vorhang)

GRASS AM WÖRTHERSEE

(Ufer des Wörthersees. Auf einer Bank der Schriftsteller und Nobelpreisträger Günter Grass. Er trägt Vollbart, eine dunkle Brille und hat einen schwarzen Schlapphut tief in die Stirn gezogen.
Eine Gruppe Spaziergänger, Männer und Frauen verschiedener Altersstufen, nähert sich.
Eine der Frauen erblickt Grass, flüstert einer anderen, dann einem der Männer etwas zu. Beide schütteln den Kopf. Weitere Spaziergänger werden aufmerksam. Aufgeregtes Tuscheln, Nicken und Kopfschütteln. Grass zieht den Hut tiefer ins Gesicht.
Pause)

DIE FRAU *(schüchtern einen Gruß nickend, tritt zu Grass)*: Entschuldigen Sie, ober ... Sein Sie nicht der Herr Grass?

GRASS *(nickt unmerklich, blickt in eine andere Richtung)*: Ich wäre gern ein Weilchen ungestört.

FRAU: Freilich, freilich! Wir stören jo nicht, wir wollen nur sogen: Danke. Dos wor ein großortiges Gedicht, doss der Jude die Welt vernichten will, danke vielmols.

EIN MANN *(von weiter hinten)*: Es musste gesogt werden. Bravo!

GRASS: Ich habe das nie so geschrieben! Das ist verdreht worden!

FRAU *(lacht)*: Ich bitte Sie, dos mocht doch nichts!

DER MANN *(ist inzwischen, gemeinsam mit anderen, hinzugetreten. Er ergreift Grass' Hand und schüttelt sie)*: Mit diesem Text hoben Sie den Punkt auf die Spitze gebrocht! Gratuliere!

GRASS *(wütend)*: Hören Sie denn nicht zu?! Ich habe niemals –

EINE ZWEITE FRAU *(tätschelt Grass' Hand. Begeistert)*: Dos freut uns so, doss Sie unser schönes Kärnten besuchen!

EIN ZWEITER MANN *(setzt sich neben Grass und legt ihm den*

Arm um die Schulter. Vertraulich): Und wenn Sie schon ein-
mol do sind, Herr Grass … Ich weiß, es klingt unverschämt,
ober Sie sind eine Autorität, Sie hoben eine Öffentlichkeit,
desholb meine Froge: Könnten Sie nicht auch ein Gedicht
gegen diesen Scheich …?

GRASS: Scheich? Welchen Scheich?

ZWEITER MANN: Bade!

GRASS: Ich kenne keinen Scheich Bade.

ZWEITE FRAU: Kurt! Uwe!

GRASS: Ich kenne auch keinen Kurt-Uwe.

ZWEITER MANN: Wurscht! Gesogt muss es endlich werden! Der
Haider wor ein Segen für unser Lond, ober dieser Scheich,
na!

EIN DRITTER MANN *(von weiter hinten)*: Wek damit, week!

EIN VIERTER MANN: Und den Derfla glei aa mit und den Mar-
tinz!

DRITTER MANN: Den Holub! Die gonze Sozipartie! Week!

GRASS *(versucht aufzustehen)*: Ich werde keinesfalls –

ZWEITER MANN *(drückt ihn zurück auf die Bank)*: Es wäre jo
nur für ein kurzes Gedicht. Es muss einfoch gesogt werden!
Sicher beißen Sie sich später in den Orsch, wenn Sie es nicht
sogen.

EINE DRITTE FRAU: Dos Stadion soll er aa einebringen!

VIERTER MANN: Die Austria Klogenfurt!

*(Immer mehr Spaziergänger umringen die Bank. Grass protestiert, ist
aber nicht mehr zu verstehen.*
Vorhang)

Material: Günter Grass, »Was gesagt werden muss«, *Süddeutsche Zeitung,*
4. 4. 2012

NEUE DEUTSCHE LITERATUR

(Deutschland. Literaturbetrieb. Im Bühnenvordergrund ein aufstrebender junger Autor und eine ebensolche Autorin. Im Hintergrund geschäftiges Treiben.)

DER AUTOR *(zeigt in die Menge)*: Schau, die Lewitscharoff. Hat die ein neues Buch?

DIE AUTORIN: Gut möglich. Ich bewundere diese Frau. Wie sie die kompliziertesten philosophischen Themen angeht, aber nicht so bedeutungsschwer aufgeblasen, sondern verschmitzt, mit einem Augenzwinkern, großartig.

DER AUTOR: Und mit der sie redet, ist die Petrowskaja, oder? Also, die verehre ich. »Vielleicht Esther«, sensationell. Ich meine, da geht's um Themen wie Massenvernichtung und all das, aber endlich einmal nicht mit diesem Bierernst, diesen ständigen Schuldzuweisungen, sondern leichtfüßig, mit einem Augenzwinkern.

DIE AUTORIN: Also, was das betrifft, ist der Stanišić mein Favorit. Wie er in »Wie der Soldat das Grammofon repariert« so ein ernstes Thema wie den Tod des Großvaters mit diesem gewissen ironischen Augenzwinkern beschreibt, das sucht in der deutschen Literatur seinesgleichen.

DER AUTOR: Stimmt. Aber er hat natürlich einen Herkunftsvorteil. Bosnien, das ist eine andere Welt. Diese Armut, unvorstellbar. Ich kenne das ein bisschen, ich war unlängst zu Lesungen in Moldawien eingeladen, da ist es ja ähnlich. Und doch diese Daseinsleichtigkeit, diese Grundheiterkeit! Ich beschreibe das eh in meinem neuen Roman, in dem Kapitel mit der Jüdin aus Chisinau, von der die ganze Familie von den Nazis ermordet worden ist und die später von den Russen zur Prostitution gezwungen wird.

DIE AUTORIN: Eh mit einem Augenzwinkern?

DER AUTOR: Sicher mit einem Augenzwinkern.

(Vorhang)

DER NEUE GSTREIN (ZUSAMMENFASSUNG)

(Lobby. Der Dichter Gstrein. Ein Verehrer.)

VEREHRER: »An einem Nachmittag, plötzlich, wie ohne mein Zutun, stand der erste Satz da, keine Zeile lang: Ich hatte begonnen.« Mit diesem grandiosen Satz beginnt deine Erzählung »Anderntags«. Der Titel deines neuen Romans lautet »Eine Ahnung vom Anfang«. Durch seine Einfachheit fast noch grandioser, finde ich.

GSTREIN: Danke. Mir schwebt stets vor, dass ich irgendwann eine sehr einfache Geschichte mit einfachen Mittel erzählen werde. Mit meinem neuen Roman bin ich auf dem Weg dorthin.

VEREHRER: Der Roman wirkt stellenweise wie eine literarisierte Idylle.

GSTREIN: Das ist richtig. Ich wollte auch in diesem Zusammenhang dem Verlag eine verwegene Werbelinie für das Buch vorschlagen: »›Eine Ahnung vom Anfang‹ ist ein Buch, das Hermann Hesse und Peter Handke gern geschrieben hätten – es aber nie getan haben.«

VEREHRER *(lacht)*: Wunderbar! Inhaltlich sowieso, aber vor allem sprachlich! Meisterhaft! Und das haben sie nicht genommen?

GSTREIN: Nein.

VEREHRER: Trotteln!

GSTREIN: Das hast du gesagt.

VEREHRER: Im Roman radikalisiert sich ein Bursche vom Land. Wolltest du die Wurzeln des radikalen Fundamentalismus poetisch erforschen?

GSTREIN: Daran war ich weniger interessiert, auch wenn ich es dann getan habe.

VEREHRER: An einer Stelle erwähnst du die Taliban.

GSTREIN: Ich erwähne die Taliban nicht, um auf die Taliban zu zeigen, sondern auf uns selbst.

VEREHRER: Die katholischen Heiligen kommen ebenfalls nicht ungeschoren davon.

GSTREIN: Ein weiteres Element meines problematischen Nachdenkens. Ich denke ja viel über das Phänomen Religion nach. Altes Testament und Neues Testament: In beiden findet sich Gewaltverherrlichung.

VEREHRER: Tatsächlich? Auch im Alten Testament?

GSTREIN: Auch im Alten Testament.

VEREHRER: Unglaublich. Diese Enthüllung wird sicher vielen nicht gefallen. Aber du schreibst ja auch, Jesus sei der erste und einzig erfolgreiche Palästinenserführer gewesen.

GSTREIN *(schelmisch)*: Da handelt es sich vielleicht tatsächlich um eine kleine Provokation. Auf diese Idee bin ich in einem Roman des französischen Autors Mathias Énard gestoßen. Ein zu schöner Fund, den ich zitieren musste.

VEREHRER: Zurück zu deinem Roman. »Eine Ahnung vom Anfang« ließe sich so zusammenfassen: Eine österreichische Provinzstadt wird von einer Bombendrohung erschüttert. Bald darauf kehrt der Alltag wieder ein. Trifft das den Inhalt?

GSTREIN: Grundsätzlich ja. Aber natürlich ist da viel mehr. In einer Szene mit einem Mädchen meint einer der Jungen zum Lehrer: Ich schätze, ich sollte glücklich sein. Das lässt sich nie auf schieren Inhalt herunterschrumpfen, dieser ganz frühe Schmerz! Ich schätze, ich sollte glücklich sein! Was für ein Satz!

VEREHRER *(betroffen)*: Allerdings!

GSTREIN: Oder diese andere Szene: Einer der Jungen fragt einen Älteren, was dieser aus der Zeit seiner Kindheit am meisten vermisse – keine einfache Frage, weil die Gefahr von Kitschauskünften groß ist. Dessen Antwort lautet: Ich vermisse alles, woran ich als Kind geglaubt habe. Ich vermisse den Knaben, der ich einmal war.

VEREHRER *(berührt)*: Wahnsinn! Das ist … Das ist sowas von … Sowas von … *(Schluchzt. Schnäuzt sich. Wieder gefasst:)* Mehr muss zu »Eine Ahnung vom Anfang« eigentlich nicht gesagt werden. Zum Abschluss noch eine ganz andere Frage. Suhrkamp. Peter Handke hat den Gesellschafter Barlach jüngst geradezu als Teufelsgestalt gezeichnet.

GSTREIN *(seufzt)*: Lesen Menschen diese Tirade, müssen sie jedes Vertrauen in Autoren und in die Literatur verlieren. Man sagt immer, Barlach spreche die falsche Sprache. Das mag sein. Wenn Barlach meint, Suhrkamp sei ein geiler Verlag – dann möchte auch ich mich umdrehen und weinen. Handkes »Satan«-Sprech ist mir jedoch genauso fremd. Seine Satan-Sätze schreien da im Grunde nach der Zwangsjacke.

VEREHRER: Ich finde auch, er gehört in die Psychiatrie.

GSTREIN: Das hast du gesagt.

(Vorhang)

Material: Norbert Gstrein: »Das schreit nach der Zwangsjacke« – profil.at , 27. 7. 2013

FAHRT INS FELD

(24. August 1914. Ein Zugabteil. Löffler, Oberst. Trakl, Medikamentenakzessist im Leutnantsrang.)

LÖFFLER *(klappt ein schmales Buch zu und legt es neben sich)*: Nicht übel, Trakl, nicht übel. Sie haben Talent. Wie schön sich Bild an Bildchen reiht, das hat etwas. Und, ja, Sie haben recht: Herrlich schmecken junger Wein und Nüsse. Herrlich auch, gewiss, betrunken zu taumeln in dämmernden Wald. Dennoch ist mir das zu wenig. Die deutschsprachige Gegenwartsliteratur – ich beobachte das nun schon seit Jahren – hat generell eine Neigung zum Rückzug ins Private, zur Flucht in die Idylle; sie zieht sich gerne auf die private Glückssuche zurück und lässt einen starken Hang erkennen, sich um die Kernfragen der Gegenwart zu drücken. In der fremdsprachigen, erst recht in der außereuropäischen Literatur liegen die Dinge völlig anders. Dort werden die brisantesten politischen, gesellschaftlichen und sozialen Themen der Gegenwart aufgegriffen und deren Auswirkungen auf das Individuum untersucht. Und genau das ist es, was Literatur leisten muss, Trakl, verstehen Sie? Ein beträchtliches Segment dieser Weltliteratur ist Kriegsliteratur. Autoren erzählen Geschichten über ihre Fronterfahrungen in den diversen Kriegen, und in diesen Kriegserlebnissen kristallisieren sich menschliche Grunderfahrungen wie Angst, Leid und Tod, auch Langeweile. Der Krieg wird aber auch zum Prüfstein für menschliches Verhalten – Mut, Feigheit, Loyalität, Freundschaft, Verrat. Und bei Ihnen, Trakl? Was lesen wir da davon? »Ein Wild verblutet sanft am Rain / und Raben plätschern in blutigen Gossen«, das ist schon das Äußerste. Obwohl, wie gesagt, Talent haben Sie. Darum mein Rat: Tun Sie sich ein wenig um in der Weltliteratur, lesen Sie »Die Farbe des Krieges« oder »Ein guter Ort zum

Sterben« oder »Ein Tag wie ein Leben. Vom Krieg«. »Krieg«, sagt dieser Autor, »ist die stärkste Droge überhaupt.« In seinen ersten beiden Büchern beschreibt er mit gnadenloser Detailbesessenheit, mit welcher Grausamkeit russische Rekruten im Ausbildungslager von ihren Vorgesetzten gequält und geschunden wurden. Die Hungerqualen und die Prügelorgien waren so furchtbar, dass die Rekruten den Fronteinsatz geradezu herbeisehnten. Als später wieder ein Krieg ausbrach, meldete er sich als Journalist sofort wieder an die Front. Am atemlos-nervösen Präsens seiner Kriegsreportagen und am Stakkato seiner hämmernden Hauptsätze merkt man, dass das Kriegsfieber ihn wieder gepackt hat. Seine Prosa verfällt sofort in den kaltschnäuzigen Ton des zynisch abgebrühten Kriegsveteranen, den nichts mehr erschüttern kann. Sofort hat er wieder den Leichengeruch in der Nase, sieht vom Granatfeuer zerfetzte Tote am Straßenrand und zögert nur kurz, ob er den verschmorten Leichnam eines Panzerfahrers fotografieren soll. Das, Trakl, ist Weltliteratur, verstehen Sie, und nicht ein Vogelzug, der auf der Reise grüßt. *(Blickt aus dem Fenster.)* Ah, schon Wien. *(Steht auf. Zu Trakl, der aufgesprungen ist und salutiert:)* Tja, wie gesagt, Talent ist da. Schreiben Sie unbedingt weiter! Aber beherzigen Sie auch meinen Rat! Morgen sind Sie in Galizien! In ein paar Tagen in Grodek! Grodek, Trakl! Ihre Chance!

(Vorhang)

Material: Sigrid Löffler: »Krieg!« – *Die Presse*, 8. 11. 2014
Georg Trakl: *Gedichte*, 1913

DRAMATURGENTREFFEN

(Die Bühne das österreichische Theater der Gegenwart. Dramatur-ginnen und Dramaturgen (1 – 19), alle in großer Aufregung und gro-ßem Tempo hin und her eilend, dabei ständig miteinander sprechend, ohne allerdings den jeweiligen Gesprächspartner anzusehen oder auch nur wahrzunehmen.)

1: Großartig, euer »Alles über meine Mutter«! Gute Idee, einen Almodóvar-Film auf die Bühne zu bringen.

2: Danke. Als nächstes machen wir »Inglourious Basterds«. Und ihr?

3: Bernhard. Die Gedichte. Zum 23. Todestag.

4: Wer richtet ein?

3: Ich. Vermutlich gemeinsam mit Roubinek.

5: Maurer Hauptrolle?

3: Vitásek.

6: Wir machen »Lisa« von Glavinic. Auch mit Vitásek.

7: Das wollten wir auch machen, mit Palfrader. Ihr wart leider schneller.

8: Und? Macht ihr jetzt wieder einen Roman von Kehlmann?

7: Nein. Den neuen Geiger.

9: Wir machen Schnitzler.

10 *(höhnisch)*: Schnitzler?

11 *(noch höhnischer)*: »Das weite Land« wahrscheinlich!

9: »Traumnovelle«. Aber nach der Filmfassung von Kubrick. Mit Scheuba und Händler.

12: Sowas Ähnliches machen wir auch. »Der Knochenmann« von Haas. Aber eben nicht nach dem Buch, sondern nach dem Film. Wahrscheinlich mit Voss.

1: Gute Idee.

13: Wir machen Franzobel.

14: Immer gut. Hans Moser oder Orsolics oder was ganz Neues?

13: Peter Alexander-Biographie. Auftragsarbeit.

15: Das wollten wir auch.

16: Das wollten alle. Wir haben Franzobel angerufen, da war die Todesmeldung grad zwei Stunden alt, und es war zu spät.

13: Wie wir den Auftrag erteilt haben, hat Peter Alexander noch gelebt. Man muss vorausdenken. *(Zu 17:)* Was macht ihr?

17: Ist noch nicht klar. Ursprünglich wollten wir eine junge Oberösterreicherin machen, sehr talentiert, aber es hat sich herausgestellt, das übersteigt unsere finanziellen Möglichkeiten.

18 *(interessiert)*: Eine junge Oberösterreicherin? Fesch?

17: Ja. Und ihr Stück ist –

19: Stück?

17: Ja. Ein wirklich spannendes Stück mit –

19: Bitte, was sollen wir mit einem Stück? Soll einen Roman schreiben, dann können wir über eine Aufführung reden.

18: Falls sie fesch ist.

19: Falls sie fesch ist.

(Vorhang)

KEHLMANNS KLASSE

*(Klassenzimmer. In den Bänken Dichterinnen und Dichter verschie-
dener Epochen. Zwischen ihnen auf und ab gehend, ein Notizbuch in
Händen, Kehlmann.)*

KEHLMANN: Ian?

(McEwan erhebt sich.)

KEHLMANN: Eine Frage, Ian … Es gibt bei deinen Romanen oft
den Moment, wo man sich fragt: Bleibt das jetzt klassische
Moderne?

McEWAN *(nickt)*

KEHLMANN: Aber dann greift der Plot, und es gibt eine Wen-
dung ins Realistische, in die Tatsächlichkeit der Gefahr, wie
es sie zum Beispiel bei Virginia Woolf oder Proust nicht gä-
be. Ist der Plot deine Möglichkeit, dem zu entkommen, was
du einmal »die schwere Hand des Modernismus« genannt
hast?

McEWAN: Die kurze Antwort ist: Ja. Aber es ist nicht so einfach.
Ich bin weniger an einem formellen Experiment als viel-
mehr am Narrativ interessiert und daran, wie unsere Gedan-
kenwelt sich ändert, wie wir vom 20. ins 21. Jahrhundert
gleiten. Ich absorbiere alles, was Proust und Joyce uns schon
vorgeführt haben, aber ich gönne mir auch den Luxus, mich
nach Balzac, Jane Austen, Dickens, Tolstoi zu richten, die
das alles wunderbar vorgelebt haben.

KEHLMANN: Dieses Narrativ … Könntest du das bitte etwas ge-
nauer –

*(Gekicher. Ein Zettel ist von den anderen Dichtern unter den Bän-
ken weitergereicht worden. Kehlmann hat es bemerkt und nimmt ihn
Proust, der ihn eben lächelnd liest, aus der Hand.)*

KEHLMANN *(liest vor)*: »Ian ist ein alter Angeber.« *(Zu Proust:)* Findest du das lustig, Marcel?

PROUST *(bockig)*: Ist doch wahr …

JOYCE: Genau! Der soll selber denken, nicht uns absorbieren!

BALZAC: Vorgelebt, ha! Das hätte der ja nie ausgehalten, mein Leben!

WOOLF: Und meins erst!

TOLSTOI: Selbst wenn! Sowas wie »Krieg und Frieden« würde er doch nie zusammenbringen!

KEHLMANN: Findest du das nicht ein wenig überheblich, Leo? Du weißt, ich schätze »Krieg und Frieden«, ich habe das auch immer wieder betont, trotzdem täte es dir nicht schaden, wenn du ein bisschen mitarbeitest, wenn wir über das Narrativ sprechen. Können wir jetzt weitermachen?

MANN *(zeigt fingerschnippend auf)*

KEHLMANN: Was gibt es, Thomas?

MANN: Bitt' hinaus.

KEHLMANN: Kann das nicht bis zur Pause warten?

(Vorhang)

Material: »McEwan im Gespräch mit Kehlmann: ›Eine Art rhetorische Yogaposition‹« – *Der Standard*, 3. 10. 2014

REICH-RANICKI UND WIR

(Literaturlandschaft Österreich. Autorinnen und Autoren geschäftig, doch ohne erkennbares Ziel auf und ab gehend. Ein Reporter tritt hinzu.)

REPORTER *(zu EINS)*: Der Starkritiker Marcel Reich-Ranicki ist tot. Deutschland trauert. Trauert auch Österreich?

EINS *(nickt)*: Reich-Ranicki war ein ehrenwerter, einflussreicher Mann. Für mich war er immer schon, allein durch seine Sprechweise, so etwas wie der deutsche Hans Weigel.

(Reporter dankt und geht weiter.)

REPORTER *(zu ZWEI)*: Deutschland trauert um seinen Literaturpapst. Wie sieht es mit Österreich aus?

ZWEI *(betroffen)*: Betrachtet man Leben und Werk dieses gewaltigen Mannes, seinen bedingungslosen Einsatz für das, was für ihn Literatur war, so ist es wohl nur legitim zu sagen, er war Deutschlands Friedrich Torberg.

(Reporter dankt und geht weiter.)

REPORTER *(zu DREI)*: Was sagen Sie zum Tod des Kritikers Reich-Ranicki? Trauert auch Österreich, so wie Deutschland trauert?

DREI *(schluchzt)*: Bedenkt man, was dieser Mensch für die Literatur geleistet hat, kann man nur sagen, nun hat auch Deutschland seinen Wolfgang Kraus verloren.

(Reporter dankt und geht weiter.)

REPORTER *(zu VIER)*: Reich-Ranicki tot. Trauert Österreich?

VIER *(unter Tränen)*: Es ist schwer, die richtigen Worte zu finden. Am ehesten wird man diesem einzigartigen Menschen wohl dadurch gerecht, indem man sagt, er war die deutsche Sigrid Löffler.

(Reporter dankt und geht ab.

Vorhang)

ROMANVERGLEICH

(Frankfurter Buchmesse. An einem der Stände die SchriftstellerInnen Gstrein und Streeruwitz, Weingläser in Händen. Neben ihnen ein großgewachsener, dunkelhaariger Mann. Er hält ein Bierglas.)

GSTREIN: In meinem Roman geht es um Marija, eine gebürtige Kroatin, die als Universitätslektorin, Mutter einer lesbischen Tochter und Ehefrau eines gut verdienenden Journalisten und Ex-Marxisten in Wien lebt, um ihren Vater, einen mutmaßlichen ehemaligen Kriegsverbrecher, sowie einen Polizisten, der bei einem Einsatz den Tod seiner Geliebten erlebt.

STREERUWITZ: Verstehe. Du wolltest die Geschichte der beiden großen Totalitarismen, also des Faschismus und des Kommunismus, weiterschreiben.

GSTREIN *(nickt, dann)*: Und wovon handelt dein Roman?

STREERUWITZ: Amy Schreiber, die Tochter einer drogensüchtigen Künstlerin wächst bei begüterten Verwandten in einem Wiener Nobelbezirk auf, bricht ihr Wirtschaftsstudium ab und lässt sich in einer Sicherheitsfirma zur Terrorbekämpferin ausbilden. Dort stehen auch Folterpraktiken auf dem Lehrplan.

GSTREIN: Du versuchst also, eine Antwort auf die Anschläge des Norwegers Anders Breivik zu geben, der im Sommer siebenundsiebzig Menschen ermordete? Aber kann man solche Taten verhindern?

STREERUWITZ: Nun, man muss bedenken, wir haben zwei Jahrhunderte hinter uns, in denen immer nur über die Frage gesprochen wurde, wie Frauen leben müssen.

GSTREIN *(überlegt längere Zeit, nickt)*

STREERUWITZ: Jetzt aber reden wir endlich einmal über die Männer. Wie funktionieren sie als Väter? Breivik hätte einen Vater gebraucht. Es ist unsagbar, dass ein Sohn siebenundsiebzig Leute abschlachten muss, damit sein Vater einen Kommentar zu ihm abgibt.

GSTREIN *(nickt betroffen)*

(Auch Streeruwitz nickt betroffen.

Pause)

STREERUWITZ *(wendet sich an den großgewachsenen, dunkelhaarigen, ein Bierglas haltenden Mann)*: Worum geht es in Ihrem Roman?

DER MANN: Der sechzehnjährige Karl Roßmann wird von seinen armen Eltern nach Amerika geschickt, weil ihn ein Dienstmädchen verführt und ein Kind von ihm bekommen hat.

STREERUWITZ: Verstehe. Dort gerät er in die Fänge der Tea Party. Der Drogenkartelle. Sie wollten Ökonomie und Gewalt als die tragischen Strukturen der momentanen –

DER MANN: Nein.

GSTREIN: Er fällt einem Terrorakt zum Opfer? Verhindert einen Terrorakt?

DER MANN: Nein.

(Streeruwitz und Gstrein blicken einander ratlos an.)

GSTREIN *(zu dem Mann)*: Trotzdem alles Gute.

(Vorhang)

Material:
»Voll Selbstzweifel und Größenwahn«, Interview mit dem Schriftsteller Norbert Gstrein, *NEWS* 33/2008
»Ich bin eine Einzelkämpferin«, Gespräch mit der Schriftstellerin Marlene Streeruwitz, *NEWS* 39/2011
Franz Kafka, *Amerika*, 1913

S. UND F.
Melodram

»Der Mann stellte seine Einkaufstaschen auf die Bank. Er wandte sich Andrea S. zu. ›Christian F.‹ Sagte er. Er setzte sich.«
(Marlene Streeruwitz, »Weihnachtseinkäufe.«)

(Einkaufszentrum. Auf einer Bank Andrea S. Christian F. tritt von links auf und wendet sich ihr zu.)

CHRISTIAN F.: Christian Effpunkt.

(Er setzt sich. Pause.)

CHRISTIAN F.: Und wie ist Ihr Name?

ANDREA S.: Andrea Ess.

CHRISTIAN F.: Esspunkt?

ANDREA S.: Ess.

(Pause.)

CHRISTIAN F.: Sie sind eine kluge, schöne und sympathische Frau. Ich fühle mich wohl in Ihrer Gesellschaft.

ANDREA S.: Auch Sie gefallen mir. Auch ich fühle mich wohl in Ihrer Gesellschaft.

(Pause)

CHRISTIAN F.: Schade, dass Sie nicht Esspunkt heißen. Ich würde mich dann noch wohler fühlen in Ihrer Gesellschaft. Ich könnte mich in Sie verlieben. Vielleicht würden wir eines Tages heiraten. Warum heißen Sie nicht Esspunkt?

ANDREA S.: Anfangs wollte ich das. Aber eine gute Freundin, Hildegard Geh, ließ es nicht zu. Ihr widerstrebte diese Art der

Aussprache unserer Namen. Unbedingt Ess, sagte sie. Unbedingt Geh. Keinesfalls Esspunkt. Keinesfalls Gehpunkt.

CHRISTIAN F.: Mir meinerseits widerstrebt es, mich Eff zu nennen. Aber ich gebe zu, dass auch ich von einem guten Freund, Florian Wehpunkt, in meiner Entscheidung beeinflusst wurde.

ANDREA S.: Dann werden wir wohl niemals heiraten. Obschon ich mich in Ihrer Gesellschaft ungemein wohlfühle. Obschon ich fast glaube, ich liebe Sie.

CHRISTIAN F.: Auch ich fühle mich in Ihrer Gesellschaft ungemein wohl. Auch ich glaube fast, ich liebe Sie. Gibt es gar keine Chance für uns?

ANDREA S.: Es gibt eine Chance. Sie müssten meinen Namen annehmen. Auch einem Doppelnamen würde ich zustimmen. Ess-Eff.

CHRISTIAN F.: Nein. Wäre Eff-Esspunkt ein möglicher Kompromiss?

ANDREA S.: Nein. Schade. Denn ich bin sicher, ich liebe Sie.

CHRISTIAN F.: Auch ich bin sicher, ich liebe Sie. Schade.

(Pause.

Sie blicken einander lange zärtlich an.)

ANDREA S. *(seufzt)*

CHRISTIAN F. *(seufzt)*

(Beide ab.

Vorhang)

SECHSUNDSECHZIG

(Österreich im März 2013. Eine heruntergekommene Mansardenwohnung. Auf einer Matratze am Boden, in mehrere Decken gehüllt, die Kunst. Sie ist über der Lektüre einer Tageszeitung eingeschlafen. Aus einem Transistorradio, verklingend, Udo Jürgens' »Mit sechsundsechzig Jahren«. Kurze Pause, dann die Stimme einer Radiosprecherin.)

SPRECHERIN: Morgen ist es also so weit, André Heller, Österreichs Gewissen und bedeutendster Kulturexport, feiert seinen sechsundsechzigsten Geburtstag. »Falter«, »News« und »profil« haben diesem Ereignis Sonderausgaben gewidmet, das Burgtheater gratuliert mit einer Dramenfassung von Christian Seilers Biographie »Feuerkopf« mit Nikolaus Ofczarek in der Titelrolle. Auch wir vom ORF haben mehrere Sendungen zum Thema vorbereitet, gleich im Anschluss kommen in einer »Tonspur« mit dem Titel »Danke, Meister, vielen Dank« Freunde und Weggefährten von H. C. Artmann bis Otto M. Zykan zu Wort, es folgt in der Reihe »Von Tag zu Tag« »Gott mit dir, mein lichter Bruder«, ein Gespräch mit Hermann Nitsch über Heller als Aktionskünstler. Um siebzehn Uhr übertragen wir live aus dem Parlament den Kniefall der österreichischen Bundesregierung und die Ansprache des Bundespräsidenten und ab zwanzig Uhr, ebenfalls live, das Brillantfeuerwerk über Hietzing. Den Abschluss unseres André Heller-Schwerpunkts bilden schließlich um zweiundzwanzig Uhr fünf die »Nachtbilder«. Unter dem Titel »Die Bescheidenheit der Phantasie« liest Oskar Werner ausgewählte Prosastücke des Jubilars aus den Jahren –

(Die Kunst schrickt schreiend aus dem Schlaf hoch. Sie richtet sich auf, wischt sich den Schweiß von der Stirn und atmet mehrmals tief durch. Aus dem Transistorradio, verklingend, Udo Jürgens' »Mit sechsundsechzig Jahren«. Kurze Pause, dann die Stimme der Radiosprecherin.)

SPRECHERIN: Morgen ist es also so weit, André Heller, Österreichs Gewissen und bedeutendster Kulturexport, feiert seinen sechsundsechzigsten Geburtstag. »Falter«, »News« und »profil« haben diesem Ereignis –

(Vorhang)

VORDENKER

*(Kaffeehaus. An einem der Tische drei österreichische Nachwuchspoliti-
ker, in ihrer Parteizugehörigkeit noch schwankend zwischen ÖVP und
NEOS, beim morgendlichen Caffè Latte.)*

DER JÜNGSTE: Also, dass so viele Zeitungen diese Karikaturen
nachgedruckt haben nach den Anschlägen in Paris, war mutig, finde ich. Ungewöhnlich für Österreich.

DER ÄLTESTE: Mutig? Bitt' dich! Schwanzeinziehen vor dem
Mainstream nenne ich das. Da ist mir ja der »Falter« noch
lieber! *(Zitiert:)* »Wir halten, anders als die getöteten Kolle-
gen von Charlie Hebdo, Blasphemie nicht für ein taugliches
Stilmittel.« Und im Artikel dann leere Kasteln, in denen
ganz klein steht, was drin zu sehen gewesen wäre. Das ist
mutig. Relativ jedenfalls.

DER MITTLERE: Stimmt. Noch mutiger ist allerdings der Heini
Staudinger in der »Kronen Zeitung«. Er, sagt er, würde nämlich in so einem Fall nicht sofort sagen, wir müssen jetzt unsere Pressefreiheit verteidigen, sondern er würde möglichst
schnell mit allen ausmachen, dass jetzt keine blöden Witze
über den Propheten Mohammed gemacht werden.

DER ÄLTESTE: Aber am mutigsten ist halt doch der Kardinal
Schönborn, wenn er in »Heute« sagt, man muss an die
traurige Geschichte von verhetzenden, antisemitischen Karikaturen in Österreich im späten 19. Jahrhundert denken.
(Zitiert:) »Diese giftige Saat ist aufgegangen und hat zu den
Massenmorden an den Juden beigetragen. Hätte es damals
deutliche Schritte gegen diese Hetze gegeben, vielleicht wären viel Leid und schreckliche Schuld vermieden worden.«

DER MITTLERE *(nickt)*: Wenn's wirklich kritisch wird: Auf die
Katholen ist Verlass.

DER JÜNGSTE *(bestürzt)*: Meint ihr ... Meint ihr damit, dass auf lange Sicht die Terroristen das Richtige – ?

DER ÄLTESTE: Still! Zu mutig muss man auch nicht sein.

(Vorhang)

UMFRAGE

(Wohnzimmer in Wien. An einem Tisch ein Mann Mitte fünfzig und ein etwa dreißigjähriger Mitarbeiter eines Meinungsforschungsinstituts, einen Fragebogen vor sich.)

FRAGER: Bei unserer Umfrage geht es um die Nazidiktatur aus heutiger Sicht. Finden Sie, dass unter Hitler alles schlecht war, oder hat es auch positive Aspekte gegeben?

BEFRAGTER: Alles schlecht. Bis hinunter zu diesem widerlichen Schnauzbart.

FRAGER *(macht eine Eintragung)*: Ich möchte das gern ein bisschen differenzieren. Sie denken bei Naziherrschaft verständlicherweise an Weltkrieg, Vernichtungslager. Aber das ist ja nicht alles. Viele sagen zum Beispiel, Autobahn, das war schon was.

BEFRAGTER: Die war nur, dass die Panzer rollen.

FRAGER: Der Volkswagen. Das billige Auto für jedermann.

BEFRAGTER: Eine Katastrophe. Schauen Sie sich um! Wir ersticken im Abgas.

FRAGER: Der Beruf des Heilpraktikers. Ohne Hitler undenkbar.

BEFRAGTER: Genau! Und genauso gemeingefährlich! Die Familienaufstellung hat er wahrscheinlich auch erfunden!

FRAGER: Ich sehe schon, Sie finden wirklich alles schlecht. *(Macht Eintragungen.)* Wie stehen Sie zur Kirchensteuer?

BEFRAGTER: Eine Sauerei.

FRAGER: Aber wenn Sie, sagen wir, nicht Sie wären, sondern der Kardinal Schönborn. Dann würden Sie sie wahrscheinlich gut finden.

BEFRAGTER: Dann schon.

FRAGER: Das heißt, es gibt also doch das eine oder andere Positive an der Nazidiktatur, kann man das so sagen?

BEFRAGTER: Für bestimmte Berufsgruppen trifft das sicher zu.

FRAGER *(macht Eintragungen)*: Vielen Dank, das war's schon. *(Er packt seine Unterlagen zusammen, steht auf, reicht dem Befragten die Hand.)* Haben Sie übrigens gewusst, dass nach jüngsten Umfragen 42 Prozent der Österreicher anfällig sind für nationalsozialistisches Gedankengut? Ist das nicht bestürzend?

BEFRAGTER: Allerdings. Nazigesindel.

(Vorhang)

Material: Conrad Seidl: »Umfrage: 42 Prozent sagen ›Unter Hitler war nicht alles schlecht‹« – *Der Standard,* 9. März 2013

ZWISCHENBILANZ

(Straßenbefragung in der Fußgängerzone einer österreichischen Klein-stadt. Interviewer. Passant.)

INTERVIEWER: Seit zwanzig Jahren ist Österreich EU-Mitglied. Wie stehen Sie heute zur Europäischen Union?

PASSANT: Ich bin ein begeisterter Europäer. Allerdings ist noch viel zu tun, damit dieses vereinte Europa auch wirklich funktioniert.

INTERVIEWER: Zum Beispiel?

PASSANT: Griechenland müsste raus. Soviel Schulden, das geht ja nicht. Da geht Europa kaputt. Dasselbe gilt für Spanien, Italien, Portugal und Frankreich.

INTERVIEWER: Die müssten alle raus?

PASSANT: Die müssten raus. Deutschland natürlich auch. Weil die sind ja schuld, dass es den anderen so dreckig geht. Und Belgien, Holland und Luxemburg machen da kräftig mit. Aber am schlimmsten sind die Briten. Nichts produzieren, nur am Finanzmarkt spekulieren, das ist zutiefst uneuropä-isch. Und wenn Sie mich fragen: Die Skandinavier haben den Europagedanken auch nicht begriffen. Die sind nur mit sich beschäftigt. Naja bitte, die Dänen … Die sind nicht ganz so hochnäsig. Und andererseits doch nicht so gierig wie die Deutschen.

INTERVIEWER: Die EU sollte sich also Ihrer Ansicht nach eher auf Südosteuropa –

PASSANT: Keinesfalls! Die Südosteuropäer hätte man gar nie auf-nehmen dürfen! Die sind einfach nicht reif. Genausowenig wie die Polen, die Tschechen und die Slowaken. Und die

Balten natürlich. Das heißt, bis auf die Esten. Die Esten machen das hervorragend. Das sind echte Europäer.

INTERVIEWER: Die Ungarn?

PASSANT: Ich bitte Sie! Die haben nicht einmal eine richtige Demokratie! Da könnte man ja gleich die Ukraine aufnehmen oder die Türkei!

INTERVIEWER: Aber Österreich würden Sie in der EU belassen?

PASSANT: Seien wir uns ehrlich: Österreich existiert überhaupt nicht. Das ist ein Anhängsel von Deutschland. Österreich hätte sich schon lang Deutschland anschließen müssen, allein aus antifaschistischen Gründen, wie der große Europäer Robert Menasse schon vor Jahren herausgearbeitet hat. Und dann natürlich gemeinsam mit Deutschland raus.

INTERVIEWER: Bleiben also Estland und Dänemark.

PASSANT: Dänemark mit Vorbehalt.

INTERVIEWER: Dann könnte die EU funktionieren?

PASSANT: Dann könnte sie funktionieren.

(Vorhang)

AUFBRUCH NACH EUROPA

(Vorzimmer und Gang in der Parteizentrale der Sozialdemokratischen Partei Österreichs. Hinter verschlossenen Türen Schrammelmusik, Austropop, Gelächter, Stimmen, Gläserklingen. Es läutet. Ein Türöffner wird betätigt. Der neugewählte Abgeordnete zum Europaparlament Freund tritt ein.)

FREUND *(blickt sich um)*: Hallo? Jemand da?

(Pause. Geräusche wie oben.)

FREUND: Jemand da?

(Pause.

Geräusche wie oben. Freund probiert mehrere Türen, keine lässt sich öffnen.)

FREUND *(lauter)*: Hallo? … Ich wollte nur … Weil ich fahre jetzt dann nach Brüssel … Ich wollte nur schnell … Hallo?

(Er horcht. Geräusche wie oben.)

FREUND: Also, weil manche vielleicht meinen … Weil manche gesagt haben, ich war vielleicht … Vielleicht nicht der richtige Kandidat für die Europawahl, da wollte ich nur … In St. Kanzian am Klopeinersee … Also, wo ich aufgewachsen bin … Wo mich die Leute wirklich kennen … Habe ich über 44 Prozent erreicht … Also, hat die SPÖ über 44 Prozent erreicht … Über 44 Prozent … Das sind sechzehn Prozentpunkte mehr als bei der letzten Wahl … *(Zieht die Kärnten-Ausgabe der »Kleinen Zeitung« aus der Tasche und schlägt die Seite mit den Wahlergebnissen auf.)* 576 … Kann man nachprüfen … 576 Stimmen allein in St. Kanzian … Ich meine, das sagt wohl – … Hallo?

(Er horcht.

Pause.

Geräusche wie oben.)

FREUND: Hallo? ... Ja, ich muss dann ... Ich lasse die Zeitung da,
dann könnt ihr selber ... *(Er legt die Zeitung aufgeschlagen
auf den Tisch.)* Ja ... Also ... Ich melde mich dann ...

(Er blickt sich um.

Pause.

*Er verlässt die Parteizentrale. Geräusche wie oben. Vierzig Sekunden.
Es läutet. Der Türöffner wird betätigt. Freund betritt wieder die Parteizentrale.)*

FREUND: Ich wollte nur noch sagen ... Weil es vielleicht nicht alle
wissen ... St. Kanzian, also falls ihr sucht ... Das ist Bezirk
Völkermarkt ... Ich hab's unterstrichen, aber ich weiß nicht,
ob – ... Damit man's leichter findet ... Ja... Also dann ...

(Er horcht.

Pause.

Geräusche wie oben. Er verlässt die Parteizentrale.

Vorhang)

Material: ORF 2, »Zeit im Bild«, 25. 5. 2014, Gesprächsrunde mit den
Spitzenkandidaten für die Wahl zum Europaparlament.

IN DER DICHTERAKADEMIE

(Athen. Dichterakademie. Der Meister, ein blinder Greis, umgeben von mehreren Schülern. Von draußen Straßenlärm und Stimmen.)

MEISTER *(horchend)*:
Höre ich recht? Mir will scheinen, es mischt in hellenischen
                                Wohlklang
sich ein Barbarengestammel. Gar selten nur hört man's im Winter.
Wer aber spricht hier? Germanen? Ich hoffe, sie sind nur gekommen,
still mit der Seele zu suchen der Griechen Gefilde, nicht frech wie
jene, die sommers sich tummeln an Thalattas Ufern, oft nackend,
trunken vom harzigen Weine und lärmend und schamlos sich
                                paarend.
Oder gar jene, an die noch mit Schrecken oft denken wir Greise,
grause Belag'rer voll Blutdurst und Geldgier und ohne Erbarmen.
Sprecht, meine Schüler, wer treibt sich herum in den Straßen der
                                Hauptstadt?

ERSTER SCHÜLER:
Angela ist's, Herr, mit Beinamen Merkel, die Botin Europas,
Mutti genannt von den meisten Germanen, geliebt von gar vielen,
aber verhasst wie sonst keine Barbarin dem griechischen Volke.

ZWEITER SCHÜLER:
Denkt jedoch dran, dass die Märkte –

ERSTER SCHÜLER *(unterbricht ihn)*:
Schäuble im Rollstuhl folgt grinsend ihr nach, der im Pfarrhaus
                                gezeugten
Tochter des Pastors, und blickt sich um, prüfend, nach Werten,
                                die unserm
Volk er könnt' nehmen, der Meister aus Deutschland, Meister
                                des Sparens,
welcher behauptet, er wolle nur helfen, er reiche die Hand den
darbenden Griechen.

ZWEITER SCHÜLER:
Freilich muss man die Märkte –

DRITTER SCHÜLER *(unterbricht ihn)*:
Das Geld jedoch fließt ohne Umweg zurück zur
Bank der Barbaren, die einst uns Kredite gewährte, die wied'rum
füllten die Taschen unwürd'ger Fürsten und Führer der Griechen.

MEISTER:
Dann aber wär's doch ein Leichtes, wenn Schergen man schickte
zu diesen,
holte das Geld, das zu Unrecht sie nahmen, und würf' in den Kerker
alle, die sich so schamlos bereichert, sein's Fürsten, sein's Knechte.

DRITTER SCHÜLER:
Das ist nicht möglich. Das Geld ist schon lang bei den list'gen
Helvetern,
welche die Skrupel nicht kennen, die andre wohl haben, und hüten
Schätze und Geld, daran Blut klebt, höchst sorgsam und gegen
Bezahlung.

ZWEITER SCHÜLER:
Nun, doch die Märkte –

ERSTER SCHÜLER: Halt's Maul!

MEISTER: Lass ihn sprechen. Wer sind diese Märkte?

ZWEITER SCHÜLER:
Keiner, Herr, sah je die Märkte, doch sagt überall das Orakel,
dass, wenn den Märkten zu dienen die Menschheit sich weigert,
das Ende
nah ist und dass drum die Griechen bestimmt sind, für alle zu leiden,
außer sie zahlen zurück die Kredite der Bank der Barbaren.
Nur an der Rettung der Welt liegt der gläubigen Tochter des
Pastors.

*(Erster und dritter Schüler sind, nach wütenden Zwischenrufen, nahe
daran, sich auf den zweiten zu stürzen, werden aber vom Meister davon abgehalten.)*

MEISTER: Schluss damit! Inhaltsdiskussionen in der Philosophie-
stunde! Wir fahren fort mit dem Sapphischen Elfsilber.

(Aber ein andermal.

Vorhang)

KLIMA DER TOLERANZ

(Vorstadtwirtshaus. Zwei Männer Mitte dreißig vor Biergläsern. Der erste blättert in einer Gratiszeitung.)

DER ERSTE *(verärgert)*: Langsam geht mir dieser Songcontest auf die Nerven. Man findet die Fußballergebnisse nicht mehr vor lauter Conchita Wurst.

DER ZWEITE: Was regst du dich auf? Fußball macht nicht glücklich. Grad erst haben deutsche Psychologen festgestellt, dass Fußballergebnisse das Wohlbefinden von Zuschauern zwar kurzfristig steigen lassen, aber dass sich die Ergebnisse von Fußballspielen weniger intensiv auswirken, als gemeinhin vermutet wird.

DER ERSTE: Ist mir egal. Ich will wissen, wie Rapid gegen die Austria gespielt hat.

DER ZWEITE: Vier zu eins. Rapid war besser.

DER ERSTE *(baff)*: Das sagst du, ein eingefleischter Violetter?

DER ZWEITE: Ja, das sage ich. Ich habe mich verändert, weißt du. Der Songcontest ... Conchita Wurst ... Dieses Klima der Toleranz, das er geschaffen hat ... Der Mann hat was drauf.

DER ERSTE: Also, mir geht sie auf die Nerven.

DER ZWEITE: Nein, er hat völlig recht. Es ist doch wirklich egal, was einer ist, Christ, Moslem, Atheist, schwul oder nicht schwul, Rapidler, Austrianer ...

DER ERSTE: Also, was mich betrifft: Grün-weiß bis in den Tod.

DER ZWEITE: Gut so. Ich toleriere das. Mehr noch. Ich erkenne es an. Goethe sagt nämlich, Toleranz sollte eigentlich nur eine vorübergehende Gesinnung sein: Sie muss zu Anerkennung führen. Conchita Wurst sagt das auch.

DER ERSTE *(genervt)*: Nicht genug, dass sie einen an jeder Straßenecke anschaut, verfolgt sie mich jetzt bis ins Wirtshaus.

DER ZWEITE: Er ist einfach ein eindrucksvoller Mensch! G'scheit, tolerant, singen kann er auch. Er vermarktet sich halt, ist sein gutes Recht.

DER ERSTE: Und was, wenn sie eine Frau wär'?

(Ein Sekundenbruchteil Stille, dann:)

DER ZWEITE: Auch das würde ich tolerieren.

(Vorhang)

INTEGRATIONSVEREINBARUNG

(Wien. Amt für Integration. Ein Beamter. Eine Frau mittleren Alters mit Kopftuch. Der Beamte legt einen Akt zur Seite, in dem er geblättert hat.)

DER BEAMTE *(zur Frau)*: Also, Sie leben jetzt seit sechs Jahren in Wien, Deutschkenntnisse ausreichend, das schaut gut aus. Aber Sie wissen ja: »Ein wesentlicher Teil der Wiener Lebensqualität ist eine typische Wiener Lebensart.« Ein kleiner Test noch. Ich zeige Ihnen ein paar Fotos, und Sie sagen mir Ihre Reaktion. Bereit?

DIE FRAU: Bereit.

(Der Beamte zeigt ihr ein großformatiges Foto eines Schoßhundes.)

DIE FRAU: Ja, du bist ja ein ganz Lieber! Glauben Sie, mag er ein Leckerli?

(Der Beamte nickt, zeigt ihr ein großformatiges Foto eines Kampfhundes.)

DIE FRAU: Tut er eh nix?

DER BEAMTE: Der tut nix.

DIE FRAU: Ja, du bist ja ein ganz Lieber! Glauben Sie, mag er ein Leckerli?

(Der Beamte nickt, zeigt ihr ein großformatiges Foto eines etwa dreijährigen Knaben.)

DIE FRAU: Ja, du bist ja ein ganz Lieber! Glauben Sie, mag er ein Leckerli?

DER BEAMTE: Genau hinschauen!

DIE FRAU *(tut es)*: Ah, jetzt seh ich's! *(Aggressiv:)* Schleich dich runter da, Rotzpippn, das ist eine Hundewiese!

DER BEAMTE: Sehr gut. *(Stellt ihr ein paniertes Schnitzel hin)*:
Heißt wie?

DIE FRAU: Kalb oder Schwein?

DER BEAMTE: Schwein.

DIE FRAU: Bröselteppich.

DER BEAMTE: Gut. Aufessen, dann haben wir's.

(Vorhang)

Material: »Wiener Positionen zum Zusammenleben«, www.wien-spoe.at

WORTWART

(Ein Büro, innen. Hinter einem Schreibtisch eine Frau um die dreißig. Ihr gegenüber, ein Aufnahmegerät in Händen, eine ungefähr gleichaltrige Interviewerin.)

INTERVIEWERIN: Frau Doktor S., an Ihrer Bürotür steht »Wortwart«. Müsste es nicht richtiger heißen, Wortwartin, Wortwärterin?

S.: Nein. Die korrekte Ansprache ist »Frau Wortwart Doktorin S.«. Ich bin, um genau zu sein, Wortwart für den Westen Wiens, wir sind zu viert, für jede Himmelsrichtung eine, und unterstehen dem Herrn Oberwortwart Doktor Z. mit Sitz im Rathaus, der seinerseits der Frau Hauptwortwart Doktorindoktorin A. im Ministerium für Frauenangelegenheiten und Öffentlichen Dienst am Bundeskanzleramt unterstellt ist.

INTERVIEWERIN: Welche Ausbildung braucht man/frau, um Wortwart zu werden?

S.: Nötig ist – abgesehen von einer angeborenen oder früh erworbenen Gerechtigkeitskompetenz – ein abgeschlossenes geisteswissenschaftliches Studium, das kann ein Studium der Sprachwissenschaften sein, der Philosophie oder Germanistik, auch Geschichte oder Theologie kommen in Frage. Ein Praktikum bei einer Qualitätszeitung oder einem relevanten Onlinemedium kann hilfreich sein, ist aber keine notwendige Voraussetzung. Das Wichtigste in unserem Beruf ist die Fähigkeit zu warten. Das ist nicht jeder/jedem gegeben, das muss man/frau trainieren, täglich und konsequent, das erfordert größten Fleiß, äußerste Konzentration.

INTERVIEWERIN: Was genau ist Ihr Aufgabenbereich?

S.: Unser Hauptaufgabenbereich sind Wortwertbestimmung und Fehlworttilgung. Finden wir ein Wort oder wird uns ein Wort gemeldet, das beispielsweise darauf abzielt, VertreterInnen einer Minderheit zu diskriminieren, so bestimmen wir als erstes den Diskriminierungskoeffizienten Wort δW. Der Diskriminierungskoeffizient Wort δW – nicht zu verwechseln mit den verschiedenen Diskriminierungskoeffizienten, die wir aus der Ökonomie kennen – errechnet sich aus der Häufigkeit des Auftretens des betreffenden Worts, Sinnzusammenhang, Intelligenzquotient und Alkoholisierungsgrad des Wortwirts/der Wortwirtin, wie wir den Verbreiter/die Verbreiterin eines derartigen Worts in der Fachsprache nennen, und noch einigen anderen Faktoren. Ist δW kleiner als 0,4689, ergibt sich ein negativer Wortwert, das Wort wird somit, abhängig vom Betrag dieses Werts, zum Fehl-, Falsch- oder Unwort und muss aus dem Sprachschatz getilgt werden.

INTERVIEWERIN: Wie wird diese Tilgung vorgenommen?

S.: Die Tilgung ist der schwierigste Teil der Wortwartung. Bedauerlicherweise sind uns durch die derzeitige Gesetzeslage die Hände gebunden. Es grenzt an ein Wunder, dass es dennoch gelungen ist, Unworte wie »Zigeunerin/Zigeuner« praktisch auszurotten, auch in der Gastronomie finden sich so gut wie nirgends mehr »MohrInnenköpfe« oder »IndianerInnen mit Schlag«. Allerdings ist gerade in der Gastronomie noch viel zu tun, bald kommt der Sommer, bald werden wir auf den Speisekarten wieder die notorischen Herrenpilze finden, die natürlich »Damen- und Herrenpilze« heißen müssen, genauso wie der allerdings seltener auftauchende Frauentäubling »Männer- und Frauentäubling«.

INTERVIEWERIN: Was würde sich eine Frau/ein Herr Wortwart vom Gesetzgeber/von der Gesetzgeberin wünschen, um ihre/seine Interessen besser durchsetzen zu können?

S.: Um unser Fernziel, die völlige Auslöschung von Fehl-, Falschund Unwörtern in der menschlichen Kommunikation, zu erreichen, müssten WortwirtInnen, die Fehl-, Falsch- oder

Unwörter in die Welt setzen, wesentlich empfindlicher bestraft werden können als, wie es derzeit geschieht, durch bloße Anprangerung und Verächtlichmachung in Qualitätsmedien und relevanten Internetforen. Nicht bei erstmaligem Gebrauch selbstverständlich, da würde lediglich eine Abmahnung durch VertreterInnen der Wortwartschaft erfolgen, aber im Wiederholungsfall sollten doch Geld- und Gefängnisstrafen möglich sein beziehungsweise bei hartnäckigen WiederholungstäterInnen eine Durchtrennung der Stimmbänder oder das Abhacken der Schreibhand.

INTERVIEWERIN: Befürchten Sie nicht, mit der Androhung solcher Maßnahmen eine Beeinträchtigung der Kommunikation herbeizuführen, womöglich ein völliges Verstummen?

S.: Das wäre zwar bedauerlich, müsste aber im Sinne eines Fortschreitens der Sprechgerechtigkeit in Kauf genommen werden.

INTERVIEWERIN: Frau Doktorin, danke für das Gespräch.

(Vorhang)

JOLANTHE oder DAS ENDE DES PATRIARCHEN

(Stube. An allen Wänden Jagdtrophäen. Hinter einem schweren Holztisch im Bühnenvordergrund, den Blick starr ins Publikum gerichtet, der Patriarch, ein weißbärtiger Greis. In einem anderen Zimmer im Bühnenhintergrund, durch die halbgeöffnete Tür nur teilweise sichtbar, seine um weniges jüngere, doch rüstige Gattin, Socken strickend. Längere Zeit ist nichts zu hören als das Klappern ihrer Nadeln, das schwere Atmen des Patriarchen und, von draußen, das Rauschen eines Wildbachs. Dann:)

DER PATRIARCH: Jolanthe?

JOLANTHE: Ja?

DER PATRIARCH: Wegen der Mühlen ...

JOLANTHE: Ja?

DER PATRIARCH: Wasser ... Du musst noch Wasser ... Auf die Mühlen ... Wasser auf meine Mühlen gießen ...

JOLANTHE: Schon erledigt.

DER PATRIARCH: Erledigt?

JOLANTHE: Ja.

DER PATRIARCH: Bist du sicher?

JOLANTHE: Ja.

DER PATRIARCH: Du hast schon ... Du bist sicher, dass du ... Wasser ... Du bist sicher, dass du Wasser auf meine Mühlen gegossen hast?

JOLANTHE: Ja.

DER PATRIARCH: Auf alle?

JOLANTHE: Ja.

DER PATRIARCH: Du bist sicher?

JOLANTHE: Ja.

(Pause.

Schweres Atmen. Das Klappern der Nadeln.

Pause.

Das Atmen hört auf. Der Kopf des Patriarchen fällt nach vorn auf die Tischplatte.
Kurz Stille, dann wieder das Klappern der Nadeln.
Das Rauschen des Wildbachs.

Vorhang)

Anmerkungen

Der überwiegende Teil der in diesem Band gesammelten Dramolette ist zwischen November 2010 und Juli 2015 in der Tageszeitung *Der Standard* zum ersten Mal erschienen. Ausnahmen bilden »Versöhnungsrede«, das am 3. Mai 2013 im »Spectrum« der Tageszeitung *Die Presse*, und »Verlorene Stimmen«, das in der Nr. 55/2012 der Zeitschrift *Kolik* erstabgedruckt wurde. Das Libretto »Axi«, eine Auftragsarbeit für das Operntheater Sirene, wurde mit der Musik von Jaime Wolfson am 14. November 2013 im Palais Kabelwerk in Wien uraufgeführt.

Die Texte wurden für die Buchausgabe überarbeitet.

Inhalt

© Literaturverlag Droschl Graz – Wien 2016
Mit freundlicher Unterstützung der Kulturabteilung der Stadt Wien
Die Aufführungsrechte liegen beim Autor.

Umschlaggestaltung: Tex Rubinowitz
Satz: AD
Druck: Theiss

MIX
Papier aus verantwor-
tungsvollen Quellen
FSC® C012536

ISBN: 978-3-85420-977-5

Literaturverlag Droschl Stenggstraße 33 A-8043 Graz
www.droschl.com

© Literaturverlag Droschl Graz – Wien 2016
Mit freundlicher Unterstützung der Kulturabteilung der Stadt Wien
Die Aufführungsrechte liegen beim Autor.

Umschlaggestaltung: Tex Rubinowitz
Satz: AD
Druck: Theiss

MIX
Papier aus verantwor-
tungsvollen Quellen
FSC® C012536

ISBN: 978-3-85420-977-5

Literaturverlag Droschl Stenggstraße 33 A-8043 Graz
www.droschl.com